MELMOTH,

OU

L'HOMME ERRANT.

MELMOTH,

ou

L'HOMME ERRANT.

Par M. MATHURIN, auteur de Bertram, etc.

TRADUIT LIBREMENT DE L'ANGLAIS

Par Jean COHEN,

ANCIEN CENSEUR ROYAL,

Traducteur des *Protecteurs et les Protégés*, du
Chevalier de Saint-Jean, etc.

TOME CINQUIÈME.

PARIS,

Chez G. C. HUBERT, LIBRAIRE,

Palais-Royal, Galerie de Bois, n° 222.

~~~~~~~~

1821.

MELMOTH,

OU

L'HOMME ERRANT.

~~~~~~

CHAPITRE XXIV.

———

Trois ans s'étaient écoulés depuis la séparation d'Immalie et de l'étranger, quand, un soir, l'attention de quelques gentilshommes espagnols qui se promenaient dans une allée du Prado de Madrid, se fixa sur une personne qui passait auprès d'eux. Ses vêtemens étaient ceux du pays, mais il ne portait point d'épée, et marchait fort lentement. Ils

s'arrêtèrent avec un tressaillement si-
multané, et parurent se demander, l'un
l'autre, par leurs regards, quelle avait
été la cause de l'impression que l'apparition de cet individu avait faite sur
eux. Il n'y avait rien de remarquable
dans sa figure. Il marchait tranquillement, mais c'était l'expression singulière de sa physionomie qui les avait
frappés d'une sensation qu'aucun d'eux
ne pouvait expliquer.

Ils étaient encore à la même place,
quand l'inconnu repassa devant eux,
marchant toujours avec la même lenteur, et ils rencontrèrent de nouveau
cette singulière expression dans les traits,
et surtout dans les yeux, qu'aucun regard humain ne pouvait contempler sans

frémir. Accoutumés à considérer des objets révoltans pour la nature et pour l'homme, parcourant sans cesse les hospices des aliénés, les prisons de l'Inquisition, les cavernes de la faim, les cachots du crime ou le lit de mort du désespoir, ils avaient contracté un éclat et un langage qui leur étaient propres : un éclat que nul ne pouvait envisager, un langage que peu d'hommes auraient osé comprendre.

Ces gentilshommes observèrent deux autres personnes dont l'attention paraissait, comme la leur, fixée sur le même objet : car elles le montraient du doigt, et se parlaient à voix basse avec des gestes qui indiquaient une émotion forte et évidente. La curiosité du groupe

vainquit, pour une fois, la réserve espagnole; et, s'approchant des deux cavaliers, on leur demanda si l'étrange
personnage qui venait de passer devant
eux n'avait pas été le sujet de leur conversation, et la cause de l'émotion qui
avait marqué leurs discours.

Ils répondirent affirmativement, et
ajoutèrent qu'ils étaient instruits de certaines circonstances du caractère et de
l'histoire de cet être extraordinaire, qui
pouvaient justifier des marques d'émotion plus fortes encore à son aspect. Ces
paroles augmentèrent la curiosité des
passans, et le groupe devint plus nom-
breux. Quelques personnes savaient,
ou prétendaient savoir des détails sur
ce sujet remarquable, et il s'entama

une de ces conversations vagues dont la
matière principale se compose d'igno-
rance, de curiosité et de frayeur, mê-
lées à quelque peu de vérités et de connaissances positives ; de ces conversations peu satisfaisantes, mais qui ne man-
quent pas d'intérêt ; où chaque interlo-
cuteur est bien aise de contribuer pour
sa part aux bruits, aux conjectures,
aux anecdotes, d'autant plus facilement
crues qu'elles sont plus incroyables, et
aux conclusions d'autant plus convain-
cantes qu'elles sont plus fausses.

Voici de quoi donner une idée de
cette conversation. « Mais quoi ! » dit
l'un des interlocuteurs : « s'il est réellement ce que l'on pense, ce que l'on assure qu'il est, pourquoi ne l'arrête-t-on

pas ? Pourquoi l'Inquisition ne s'en empare-t-elle pas ? »

« Il a déjà souvent été dans les prisons du Saint-Office, » répondit un second; « plus souvent peut-être que les révérends pères ne l'eussent voulu. »

« Le fait est cependant certain, qu'il a toujours été délivré sur-le-champ. »

Un quatrième ajouta que cet inconnu avait été enfermé, tour à tour, dans toutes les prisons de l'Europe, mais qu'il avait toujours trouvé moyen de mettre en défaut la puissance qui paraissait le tenir dans ses mains. Au moment même où l'on croyait qu'il expiait ses crimes dans un pays, il en commettait déjà de nouveaux dans un autre.

« Sait-on quelle est sa patrie ? » demanda quelqu'un.

« Il est originaire de l'Irlande, » répondit-on, « pays peu connu, et où, par divers motifs, ses habitans ne restent qu'avec répugnance. Il s'appelle Melmoth. »

Un des interlocuteurs qui paraissait en savoir plus que les autres, leur fit part de la promptitude inconcevable avec laquelle cet étranger se transportait d'un pays à l'autre, promptitude qui surpassait tous moyens humains. Il leur raconta aussi, que sa coutume était de rechercher partout les êtres les plus misérables et les plus vicieux, sans que l'on pût deviner le motif qu'il avait pour se plaire dans leur société. Comme il achevait de parler, une voix grave frappa les oreilles des personnes rassemblées. Elle prononça ces mots : « Ce motif est bien connu d'eux et de lui. »

Le jour était baissé, ce qui n'empêchait pas que l'on distinguât fort bien la figure de l'étranger. Quelques personnes assurèrent même qu'elles avaient observé l'éclat remarquable de ses yeux, qui ne brillaient jamais sur la destinée des hommes que comme des planètes de malheur. Le groupe s'arrêta pendant quelque temps pour guetter le départ de cette figure, qui avait produit sur elle l'effet d'une torpille. Elle s'éloigna lentement; personne ne tenta de l'arrêter.

« J'ai entendu dire, » observa quelqu'un, « que la musique la plus déli-

cieuse précède l'approche de cette personne quand elle se trouve près de la victime qu'il lui est permis de tenter ou de
tourmenter. Parfois, cette musique n'est
sensible que pour la victime seule ; dans
d'autres momens, les assistans peuvent
l'entendre aussi. On m'en a fait les rela-
tions les plus étonnantes... La Sainte
Vierge Marie nous protège!... Avez-
vous jamais ouï de pareils sons ? »

« Il n'est pas étonnant, » dit un
jeune fat de la société, « que l'approche
d'une créature aussi céleste que celle
que j'aperçois soit annoncée par des sons
délicieux. »

Comme il parlait, tous les yeux se
tournèrent vers une jeune femme qui, placée au milieu d'un groupe de personnes

charmantes, les surpassait toutes par
l'élégance de sa taille et sa marche
noble, gracieuse et aisée. Elle ne cher-
chait point à attirer les regards; mais
les regards s'arrêtaient tous sur elle,
sans pouvoir s'en détacher. En vain ses
compagnes faisaient - elles usage de
toutes les armes que leur fournissait la
coquetterie pour fixer l'attention des
cavaliers; il y en avait une dont les
armes n'étaient point artificielles : elles
n'étaient formées que du contraste de
ses attraits singuliers et simples, avec
l'arrangement étudié des autres. Quand
elle s'éventait, c'était vraiment pour se
rafraîchir; quand elle arrangeait son
voile, c'était pour couvrir sa figure;
quand elle ajustait sa mantille, c'était

pour cacher cette taille, dont la rare
perfection n'était pas déguisée même
par la volumineuse draperie qui la couvrait. Les hommes les plus dissolus ne
pouvaient la contempler qu'avec un
respect involontaire ; les infortunés
trouvaient de la consolation à la regarder ; les vieux songeaient à leur jeunesse, et les jeunes éprouvaient pour la
première fois ce sentiment qui seul mérite le nom d'amour, parce que la pureté seule peut l'inspirer ou le récom-
penser.

Nous avons déjà remarqué combien
ses mouvemens étaient gracieux et ai-
sés. En effet, ils avaient tous une élas-
ticité, un ressort, une vitalité, qui faisaient que chacune de ses actions était

l'expression d'une pensée. Elle s'en
apercevait soudain, et les efforts qu'elle
faisait pour cacher ce qu'elle avait annoncé malgré elle, découvraient un
nouveau charme à des sensations ainsi
dévoilées. Autour d'elle régnait cet
éclat d'innocence, de majesté, qui ne
se trouve jamais uni que dans son sexe.
Les hommes peuvent conserver long-
temps sur leurs traits l'expression de
la puissance que la nature leur a dé-
partie; mais celle de l'innocence tarde
peu à s'oblitérer.

Au milieu de toutes les grâces vives
et un peu extraordinaires d'une figure qui
semblait ne connaître d'autres lois que
celles qu'elle s'était imposées à elle-même,
régnait une teinte de mélancolie qui,

aux yeux d'un observateur superficiel,
aurait pu paraître passagère ou affectée;
mais qui, à d'autres, offrait la preuve
que tandis que toute l'énergie de son
intelligence était occupée et tout l'instinct de sa raison éveillé, son cœur était
encore vide et demandait un habitant.

Le groupe de cavaliers, qui avait été
occupé à causer de l'étranger, se sentit
irrésistiblement attiré à la vue de cet
objet. Leurs chuchotemens craintifs se
changèrent en exclamations de plaisir
et d'étonnement en voyant passer cette
femme charmante. A peine avait-elle
fait quelques pas pour s'éloigner, que
l'on vit l'étranger se retourner lentement : les femmes le rencontrèrent. Son

V.   2

regard fixe en choisit une seule sur laquelle il s'attacha. Elle le vit, le reconnut, jeta un grand cri et tomba par terre privée de sentiment.

Le tumulte occasioné par cet accident que tout le monde avait vu, sans que personne en pût deviner la cause, détourna pendant quelques instans l'attention, qui cessa de se porter sur l'étranger. Chacun s'occupait d'assister la jeune dame ou de demander de ses nouvelles. On s'empressa de la porter dans sa voiture, et au moment où elle y fut placée, une voix, non loin d'elle, prononça le mot d'*Immalie !* Elle reconnut cette voix et se retourna, avec un regard d'angoisse et un faible cri,

vers le côté d'où elle était partie. Ceux
qui l'entouraient l'avaient entendue
comme elle; mais ne comprenant pas
le sens du mot et ne sachant pas à qui
il s'adressait, ils attribuèrent l'émotion
de la jeune dame à son indisposition. La
voiture partit et l'étranger la suivit des
yeux. Bientôt la société se dispersa : il
resta seul. Les ombres s'épaississaient; il
ne paraissait pas remarquer ce changement. Un petit nombre de personnes,
qui ne l'avaient pas perdu de vue, con-
tinuaient à se promener pour l'observer.
Il ne les aperçut pas. L'un de ceux qui
restèrent le plus long-temps dit qu'il
lui avait vu faire un geste comme pour
essuyer ses yeux. Les larmes de la péni-

tence lui étaient à jamais prohibées.
Etait-ce donc la passion qui aurait fait
couler celles là. Dans ce cas, malheur à
l'objet de cette passion !

CHAPITRE XXV.

Le lendemain, la jeune personne, qui avait excité tant d'intérêt, devait quitter Madrid pour passer quelques semaines dans un château peu éloigné de la capitale, et qui appartenait à sa famille. Cette famille se composait de sa mère, donna Clara d'Aliaga, épouse d'un riche négociant, que l'on attendait d'un moment à l'autre de retour des Indes; de son frère don Fernand d'Aliaga, et d'un grand nombre de domestiques : car ces riches citoyens, fiers de leur opulence et de la noblesse de leurs ancêtres, se

piquaient de voyager avec autant de
lenteur et de cérémonie que le premier
grand du royaume. Aussi le vieux et
lourd carrosse s'avançait gravement
comme un corbillard. Le cocher dormait sur le siége, et les six chevaux
noirs ne changeaient jamais leur pas
solennel et mesuré. Fernand d'Aliaga
et les domestiques étaient à cheval à
côté de la voiture, dans laquelle s'é-
taient placées donna Clara et sa fille.

Donna Clara était une femme d'une
humeur grave et d'un caractère froid.
Elle avait toute la solennité d'une Espagnole et toute l'austérité d'une dévote. Don Fernand offrait l'union des
passions vives et des mœurs austères,
assez commune parmi les habitans de

l'Espagne. Son orgueil triste et personnel était blessé quand il se rappelait
que sa famille avait dérogé en se livrant
au commerce ; et il regardait l'extrême
beauté de sa sœur comme le moyen le
plus probable de recouvrer son rang
par une alliance avec une famille illus-
tre ; il la contemplait avec cette partia-
lité, mêlée d'égoïsme, aussi peu honorable pour celui qui l'éprouve que pour
celle qui l'inspire.

C'était au milieu de pareils êtres que
la vive et sensible Immalie, la fille de
la nature, était condamnée à voir flé-
trir la fleur d'une existence transplantée
dans un climat si étranger pour elle. Sa
singulière destinée semblait ne l'avoir
éloignée d'un désert physique que pour

la placer dans un désert moral. Sa dernière position était peut-être plus triste
encore que la première.

Il est certain que le point de vue le
plus lugubre n'offre rien d'aussi glaçant
que l'aspect de figures humaines, sur
lesquelles nous cherchons vainement à
découvrir une expression qui réponde à
ce que nous sentons. La stérilité de la
nature est de l'abondance quand on la
compare à celle d'un cœur qui commu-
nique sa désolation à tout ce qui l'en-
toure.

Il y avait déjà quelque temps qu'ils
étaient en route, quand donna Clara,
qui ne parlait jamais qu'après une longue préface muette, sans doute pour
donner une espèce de poids à ce qui,

sans cela n'en aurait eu aucun, dit du ton
d'un oracle : « Ma fille, on m'a appris
que vous vous étiez trouvée mal hier au
soir dans une promenade publique : au-
riez-vous rencontré quelque objet qui
vous ait surprise ou effrayée ? »

— « Non, madame. »

— « Quelle a donc pu être la cause
de l'émotion que vous avez témoignée...
m'a-t-on dit.... car je n'en ai aucune
connaissance.... à la vue d'un personnage
d'une apparence extraordinaire ? »

— « Oh! je ne puis, je n'ose vous le
dire, » répondit Immalie en baissant
son voile sur sa figure rougissante. Puis
tout-à-coup, l'irrépressible ingénuité
de sa première nature reprenant tout
son empire sur elle, elle se laissa glisser

V. 3

du coussin où elle était assise et embrassant les genoux de donna Clara, elle s'écria: « O ma mère! je vous dirai tout. »

« Non, » dit donna Clara, en la repoussant avec toute la froideur de l'orgueil offensé; « Non, cela n'est pas nécessaire. Je ne recherche point une confiance qu'on me retire et qu'on me rend tout d'une haleine. Je n'aime pas non plus ces émotions violentes. Elles sont indignes d'une jeune fille. Rien n'est plus simple que vos devoirs d'enfant. Ils consistent en une parfaite obéissance, une soumission profonde et un silence non interrompu, à moins que la parole ne vous soit adressée par moi, par votre frère ou par le père Jozé. Certes, il n'est

point de devoirs plus faciles. Levez-
vous donc et cessez de pleurer ; si votre
conscience est troublée , le père Jozé ne
manquera pas de vous infliger une pé-
nitence proportionnée à votre faute. »

Après ce discours, donna Clara, qui
n'en avait jamais autant dit à la fois, se
reposa sur son coussin et commença à
défiler son chapelet avec la plus grande
dévotion. Elle s'endormit ensuite d'un
sommeil profond dont elle ne se réveilla
que quand la voiture arriva à sa desti-
nation.

Il était midi, et le dîner servi dans un
appartement de plain-pied avec le jardin, n'attendait que l'arrivée du père
Jozé, confesseur de donna Clara et de
donna Isidora sa fille. Il ne tarda pas à se

présenter. C'était un homme d'une figure imposante, monté sur une mule majestueuse. A la première vue ses traits portaient l'empreinte d'une profonde méditation ; mais quand on l'examinait de plus près, ces traces semblaient plutôt le résultat de sa conformation physique que d'un exercice intellectuel. Le lit était tracé, mais les eaux n'y avaient point été dirigées. En attendant, bien que son éducation eût été défectueuse et que son esprit fût un peu resserré, le père Jozé était un honnête homme, dont les intentions étaient pures. Il aimait le pouvoir et il était dévoué aux intérêts de l'Eglise, mais il frémissait quand il entendait parler des flammes d'un *auto-da-fe*.

Le dîner était terminé ; les plus beaux
fruits et les vins les plus recherchés venaient d'être placés devant le père Jozé,
quand donna Isidora, après une profonde révérence à sa mère et à l'ecclésiastique
se retira, selon sa coutume dans son appartement.

« C'est l'heure de la sieste, » observa
le père Jozé.

« Non, mon père, non, » dit donna
Clara d'un air triste, « sa femme de
chambre m'assure qu'elle ne se retire
pas pour dormir. Elle s'est, hélas! trop
bien accoutumée à l'ardeur du climat où
elle fut perdue dans son enfance, pour
sentir la chaleur comme nous. Non, elle
ne se retire ni pour dormir, ni pour
prier, selon la pieuse coutume des da-

mes espagnoles. Je crains que ce ne soit pour...... »

« Pour quoi ?... » interrompit le prêtre avec effroi.

— « Pour réfléchir, pour penser; car j'ai souvent observé, à son retour, des traces de larmes sur sa figure. Je tremble, mon père, qu'elle ne regrette ce pays d'idolâtres, ce domaine de Satan, où elle a passé sa jeunesse. »

Le bon ecclésiastique demanda à sa dévote pénitente quelques détails sur la manière d'être d'Isidora, sur ses discours, ses amusemens et ses occupations. Donna Clara lui donna tous ceux qu'elle avait pu recueillir, entremêlant son discours d'exclamations continuel'es sur la crainte que lui inspirait le salut de sa fille. Le

père s'efforça de la tranquiliser , il
promit d'entretenir la jeune personne ,
de lui imposer quelques légères péni-
tences pour occuper son esprit, et assura
donna Clara que confiée à ses soins et à
sa direction, elle ne pouvait courir aucun danger. Quand cette conversation
importante fut terminée , le père Jozé
ajouta :

« Et maintenant, ma fille, quand
votre fils don Fernand, qui sans doute
ne se livre pas comme sa sœur à la réflexion, aura achevé sa sieste, veuillez
lui faire dire que je suis prêt à continuer
la partie d'échecs que nous avons commencée il y a quatre mois. J'avais poussé
mon pion jusqu'à l'avant-dernière case,

il ne me fallait plus qu'un coup pour arriver à dame. »

« La partie a-t-elle donc duré si
long-temps ? » dit donna Clara.

« Si long-temps ! » s'écria l'ecclésiastique, « elle aurait pu durer bien plus
long-temps encore : nous n'avons guère
joué que trois heures par jour l'un portant l'autre. »

La soirée se passa dans un profond
silence de la part de tout le monde. Le
père et don Fernand faisaient la partie
d'échecs; donna Clara travaillait à sa tapisserie et donna Isidora, assise à la fenêtre ouverte, contemplait l'éclat de la lune,
respirait le parfum de la tubéreuse et
guettait l'épanouissement de la belle de

nuit. Ces objets lui rappelaient tous les
charmes que la nature avait répandus jadis sur son existence. L'azur foncé du
ciel et la lumière brillante de la planète,
qui y régnait en souveraine, auraient pu
faire lutter la beauté de cette nuit avec l'é-
clat incomparable de celles des Tropi-
ques. Un songe délicieux la ramenait par
momens à l'île enchantée dont elle avait
été si long-temps la reine et la divinité.
Une seule image y manquait : une image,
dont l'absence changeait également en
un désert ce paradis insulaire et tous
les charmes d'un jardin espagnol éclairé
par le plus beau clair de lune. Cette
image, elle ne pouvait espérer de la ren-
contrer que dans son cœur. Ce n'était
que dans la solitude la plus profonde

qu'elle osait parfois se répéter à elle-même et son nom et ces airs pittoresques de son pays qu'il lui avait appris à chanter dans les momens où son humeur prenait une teinte de douceur. Le contraste entre sa vie passée et présente était si grand; elle se sentait tellement vaincue par la contrainte et la froideur; on lui avait si souvent répété que tout ce qu'elle faisait, disait ou pensait, était mal, qu'elle commençait à renoncer au témoignage de ses sens, et qu'elle se persuadait que les visites de l'étranger n'avaient été que des visions qui avaient répandu à la fois le trouble et la joie sur une existence tout-à-fait illusoire.

« Je suis surpris, ma sœur, » dit don Fernand qui était de très-mauvaise hu-

meur de la tournure défavorable que la
partie avait prise pour lui, « je suis fort
surpris que vous ne vous occupiez jamais, comme tant de jeunes filles, à
travailler à l'aiguille ou bien à faire quelques autres ouvrages féminins. »

« Ou bien à lire quelques livres de
piété, » dit donna Clara, en levant pour
un moment ses yeux de sa tapisserie et
les y laissant retomber sur-le-champ.
« Il y a la légende de ce saint Polonais
né comme vous dans une terre de ténèbres..... il s'appelait.....: révérend père,
j'ai oublié son nom. »

« Echec au roi, » dit le père.

« Vous ne songez qu'à cultiver quelques fleurs, à jouer du luth ou à regarder la lune, » continua don Fernand,

vexé du succès de son adversaire et du
silence de donna Isidora.

« Elle fait beaucoup d'aumônes et de
grandes œuvres de charité, » dit le bon
prêtre. » J'ai été appelé dernièrement
dans une misérable chaumière, non
loin de votre château, donna Clara, pour
visiter un pêcheur mourant sur la paille.
Je ne faisais que remplir mon devoir;
mais votre fille y était avant moi. Elle
s'y était rendue sans qu'on l'y eût appe-
lée et je l'entendis prononcer les conso-
lations les plus tendres et les plus élo-
quentes.... que, par parenthèse, elle
avait tirées d'une homélie manuscrite
qu'un pauvre prêtre, que je ne nomme-
rai pas, lui avait prêtée. »

Isidora rougit à cette petite preuve

de vanité, tandis que les taquineries de
don Fernand et la froide austérité de
sa mère la faisaient alternativement
sourire et pleurer.

« Oui, » continua le père Jozé, « j'entendis tout cela comme je vous le dis,
en entrant dans la chaumière, et, je vous
le jure par l'habit que je porte, je m'ar-
rêtai avec délices sur le seuil. Ses premiers mots furent.... Echec et mat ! »

Dans son triomphe, le bon père avait
oublié jusqu'à son homélie et il s'arrêta,
montrant du doigt l'état désespéré du
jeu de son adversaire.

« Echec et mat ! » répéta donna Clara,
sans lever les yeux de dessus son ouvrage.

Avant que le père Jozé pût lui expli-

quer que cette exclamation n'avait aucun rapport avec l'acte de charité de sa
fille, un cri que celle-ci jeta, répandit
l'alarme dans le salon. Tout le monde
s'empressa autour d'elle; il s'y joignit
quatre femmes de chambre et deux
pages. Donna Isidora n'avait pas perdu
connaissance. Elle se tenait au milieu de
tout ce monde, pâle comme la mort;
muette, ses yeux erraient sur le groupe qui
l'environnait, sans en distinguer un seul
individu. Elle conservait cependant cette
présence d'esprit qui n'abandonne jamais
une femme quand il s'agit de garder son
secret et elle n'indiquait ni du doigt ni
de l'œil la fenêtre où l'objet de sa frayeur
s'était présenté. Pressée de mille questions, elle paraissait incapable d'y ré-

pondre et refusant toute assistance elle s'appuya sur la croisée pour se soutenir.

Donna Clara s'avançait d'un pas mesuré pour présenter à sa fille un flacon d'essence qu'elle portait toujours dans sa poche, quand une des femmes de chambre qui connaissait les goûts de sa jeune maîtresse, proposa de la ranimer par l'odeur des fleurs. Elle s'empressa donc de cueillir une poignée de roses et les présenta à donna Isidora. La vue et le parfum de ces fleurs magnifiques rappela mille souvenirs du temps passé à l'esprit de l'infortunée. Elle fit un signe de la main pour qu'on les ôtât, et s'écria: « Il n'y a point ici de roses semblables à celles qui m'entouraient quand il m'aperçut pour la première fois. »

« Lui! qui, ma fille? » dit donna Clara, au comble de l'effroi.

« Expliquez-vous, ma sœur, je vous l'ordonne, » dit le fougueux don Fernand. « De qui parlez-vous? »

« Elle est dans le délire, » dit le prêtre à qui sa pénétration habituelle avait fait découvrir qu'il existait un secret dans cette aventure. « Elle est dans le délire, et vous avez tort de l'entourer ainsi, et de la questionner si vivement. Mademoiselle, allez vous reposer, et que les saints veillent sur votre sommeil. »

Isidora salua l'ecclésiastique en signe de reconnaissance, et rentra dans son appartement. Le père Jozé resta pendant plus d'une heure avec donna Clara et son fils, pour combattre les craintes de l'une et la sombre susceptibilité de l'autre. Il espérait que leurs discours lui procureraient quelqu'éclaircissement sur un mystère qu'il voulait dévoiler. Au désir de rendre service à donna Isidora, qui était son véritable motif, se joignait peut-être même à son insu, celui d'augmenter son pouvoir dans la famille par la connaissance de tous ses secrets. Dans le cours de la conversasion, il glissa quelques mots pour savoir si donna Clara ne serait pas disposée à consacrer sa fille au service de Dieu. La pieuse mère trouva ce projet merveilleux; il n'en fut par de même du frère qui, pour les motifs déjà indiqués, le combattit fortement. N'étant point parvenu à convain-

cre donna Clara ni le confesseur, il exigea
de celui-ci qu'il n'en fût plus question
jusqu'au retour de son père, ce qui lui
fut accordé sans peine.

Donna Clara passa en prières la plus
grande partie de la nuit, et ne se coucha que quand le zéphyr frais du matin
lui permit d'espérer un peu de repos.

Isidora ne dormait pas davantage.
Ainsi que sa mère, elle s'était prosternée devant l'image sacrée de la Vierge,
mais avec des pensées bien différentes.
Son existence, qui se composait de
contrastes perpétuels entre les objets
présens et les souvenirs du passé, la
différence entre ce qu'elle voyait et ce
qu'elle sentait, entre la vie pleine de
sensations que lui offrait sa mémoire,

et celle trop monotone qu'elle coulait, tout cela surpassait les forces d'un cœur trop plein d'une sensibilité que rien ne dirigeait, et d'une tête étourdie par des vicissitudes auxquelles même un esprit plus fort que le sien n'aurait pu résister.

Après avoir répété les prières habituelles qu'elle adressait à la Mère du Sauveur, elle sentit le besoin d'épancher son cœur devant elle, et elle commença à l'implorer en des discours dictés par ses seuls sentimens. »

« Etre doux et céleste, » s'écria-t-elle en s'agenouillant devant l'image, « vous qui seule n'avez cessé de me sourire depuis mon arrivée dans votre terre chrétienne, vous dont j'ai cru parfois que la physionomie représentait celle

des êtres qui demeuraient dans les étoiles de mon ciel indien, écoutez-moi et
ne soyez pas en courroux. Souffrez que
je perde tout sentiment de mon existence présente, ou bien tout souvenir de
celle qui est passée. Pourquoi ces pensées
reviennent-elles me poursuivre? Elles
faisaient jadis mon bonheur; maintenant elles me percent le cœur. Pourquoi conservent-elles leur pouvoir, puisque leur nature est changée? Je ne puis
plus redevenir ce que j'étais : laissez-moi
donc l'oublier. Laissez-moi, s'il est
possible, voir, sentir et penser comme
ceux qui m'entourent. Je sens qu'il est
plus facile de descendre jusqu'à eux,
que de les élever jusqu'à moi. Non,
Mère de Dieu! femme divine et mys-

térieuse! ils ne seront plus témoins des émotions de mon cœur brûlant. Il se consumera dans sa propre flamme, avant que leur froide compassion contribue à l'éteindre! O Mère divine! un cœur brûlant n'est-il pas la plus digne offrande que je puisse vous présenter? L'amour de la nature ne s'assimile-t-il pas à l'amour de Dieu? Nous pouvons, à la vérité, aimer sans religion, mais nous ne pouvons avoir de la religion sans aimer. Pourquoi faut-il que je pense, que je sente, puisque la vie n'exige que des devoirs qu'aucun sentiment n'inspire, qu'une apathie qu'aucune réflexion ne trouble? Oui, oui, aidez-moi à bannir de mon âme toute autre image que la sienne. Que mon

cœur soit comme cet appartement so-
litaire, éclairé par cette lumière seule
que l'amour a placée devant l'objet de
son adoration, et qui seule y brûle à
jamais. »

Donna Isidora, dont l'enthousiasme
était monté au plus haut point, restait
à genoux devant l'image de la Vierge,
et quand elle se leva, le silence qui
régnait dans sa chambre, et le sourire
calme qui brillait sur les traits de cette
figure céleste, semblèrent lui reprocher
l'excès de sensibilité auquel elle s'était
livrée. Ce sourire paraissait une marque de courroux. Il est certain que
quand nous sommes très-émus, nous
ne trouvons point de consolation à
contempler des traits qui n'expriment

qu'une tranquillité profonde. Nous ai-
merions mieux une émotion aussi forte
que la nôtre, fût-elle même dans un sens
opposé. Tout nous paraît préférable à
un calme qui nous absorbe et nous
neutralise. C'est la réponse du rocher
à la vague, qui se brise en écumant
contre son pied, sans qu'il en ressente
le moindre ébranlement.

Telles étaient les sensations d'Isidora,
qui s'appuya sur sa croisée, pour tâcher
de respirer un souffle d'air, que l'atmosphère brûlante lui refusait. Elle
songeait que pendant une pareille nuit,
dans son île indienne, elle se serait
plongée dans le ruisseau qu'ombrageait
son tamarin chéri; peut-être même se
serait-elle risquée dans les flots tran-

quilles et argentés de l'Océan ; mais alors, elle venait d'achever la cérémonie du bain : car elle pouvait, avec raison, appeler une cérémonie, ce qui avait autrefois été un plaisir enchanteur. Les savons, les parfums, les éponges, et surtout les secours des femmes qui la servaient, lui avaient donné de la répugnance pour ce qui jadis lui avait paru si délicieux. Ni le bain, ni la prière n'avait calmé ses sens agités. Elle chercha de l'air à sa croisée, et le chercha vainement. La lune brillait au haut des cieux avec autant d'éclat que le soleil dans des climats plus froids. En comparant la beauté du ciel avec la triste uniformité des parterres et des bosquets peignés qui s'étendaient à ses pieds, Isi-

dora pleura. Des larmes étaient devenues son langage chaque fois qu'elle
était seule; elle n'osait s'en servir en
présence de sa famille. Tout à coup
elle vit une des allées, que la lune éclai-
rait, obscurcie par l'approche d'une figure humaine. Elle s'avança; elle prononça son nom, ce nom qu'elle recon-
naissait et qu'elle aimait, celui d'Immalie!

« Ah! » s'écria-t-elle, en mettant la
tête hors de la fenêtre, « y a-t-il encore
quelqu'un qui me connaisse sous ce
nom? »

« C'est le seul sous lequel je puis vous
adresser la parole, » répondit une voix
qui était celle de l'étranger. « Je n'ai pas

V. 5

encore l'honneur de connaître celui que
vos amis chrétiens vous ont donné. »

« Ils me nomment Isidora ; mais con-
tinuez toujours à m'appeler Immalie. »
Tout à coup, tremblante pour la sûreté de
l'étranger, et sa crainte surmontant sa
joie innocente et pure, elle ajouta : « Mais
comment se fait il que vous soyez ici, dans
ce lieu où il n'entre jamais personne que
les habitans de la maison ? Comment
avez-vous fait pour passer par-dessus le
mur du jardin ? Comment êtes-vous ve-
nu des Indes ? De grâce, retirez-vous,
votre sûreté en dépend. Je suis entourée
de personnes auxquelles je ne puis me
fier et que je ne puis aimer. Ma mère est
sévère ; mon frère est violent. Oh ! comment êtes-vous entré dans le jardin ?

Comment avez-vous pu courir de si grands risques pour voir une personne que vous aviez depuis si long-temps oubliée? »

Elle prononça ces derniers mots à voix basse. L'étranger répondit avec un air moqueur et plein de malignité. « Belle néophyte, charmante chrétienne, sachez que les verroux, les barreaux et les murailles ne m'embarrassent pas plus que les rochers et les brisans de votre île indienne. Je puis aller où je veux et me retirer à mon gré, sans demander la permission aux chiens de basse-cour de votre frère ou à ses piéges ; je me moque également de l'avant-garde de duègnes de votre mère, armées de leurs lunettes et flanquées d'un double rang de

batteries de rosaires avec des grains
aussi gros que..... »

— « Chut, chut! Ne prononcez pas
ces mots impies; on m'a appris à respec-
ter ces objets sacrés. Mais est-ce bien
vous? Etait-ce encore vous que j'ai vu
hier au soir, ou bien n'était-ce qu'une
de ces visions que m'offrent parfois mes
songes quand je m'imagine être encore
dans l'île bienheureuse où, pour la
première fois..... Oh! pourquoi vous
ai-je jamais vu? »

— « Aimable chrétienne, accoutu-
mez-vous à votre affreuse destinée. Vous
m'avez en effet vu hier au soir. Deux
fois j'ai visité la route où vous brilliez
la plus éclatante et la plus belle de tout
Madrid. C'est moi que vous avez vu; j'ai

fixé votre œil; j'ai percé votre sein léger
comme l'aurait fait un éclair; vous tom-
bâtes flétrie et sans connaissance sous
mon regard brûlant. Oui, c'est moi que
vous avez vu, moi, qui déjà avais troublé votre angélique existence dans ce
paradis insulaire, moi qui vous pour-
suis même au sein de l'existence factice
que vous avez embrassée. »

— « Que j'ai embrassée!... Oh non :
ils m'ont saisie, entraînée ici ; ils m'ont
dit que c'était pour mon bonheur présent et à venir. »

— « Je le crois bien ; et n'êtes-vous pas
heureuse? Votre corps délicat n'est plus
exposé à l'intempérie des élémens. Votre
goût si raffiné est flatté par mille in-

ventions nouvelles; votre lit est de du-
vet; votre chambre est tendue en tapisserie. Que la lune soit brillante ou
obscure, des bougies n'en brûlent pas
moins toute la nuit dans votre appartement. Que le ciel soit serein ou
couvert de nuages, que la terre soit
émaillée de fleurs ou désolée par la
tempête, l'art du peintre vous a fourni
un nouveau ciel et une nouvelle terre;
et vous pouvez vous réchauffer aux feux
d'un soleil qui ne se couche jamais, tandis que le ciel est sombre aux yeux des
autres; ou errer au milieu des paysages
et des fleurs, tandis que la moitié de
vos semblables périssent au sein des
neiges et des ouragans. Vous avez en-

suite des êtres raisonnables avec qui vous pouvez causer, au lieu de vos loxias et de vos singes. »

« La conversation que j'ai trouvée ici ne m'a pas paru beaucoup plus intelligente ou plus instructive que la leur, » dit Isidora à demi-voix. L'étranger sans faire semblant de l'entendre, continua :

« Vous êtes environnée de tout ce qui peut flatter les sens, enivrer l'imagination ou délecter le cœur. Tous ces plaisirs doivent vous faire oublier la liberté voluptueuse, mais inculte, de votre ancienne existence. »

« Les oiseaux dans les cages de ma mère, » dit Isidora, « ne cessent de becqueter leurs barreaux dorés; ils foulent aux pieds les semences et l'eau l'im-

pide qu'on leur apporte. N'aimeraient-
ils pas mieux reposer dans le tronc d'un
vieux chêne, et prendre une nourriture
plus grossière, plutôt que de se briser le
bec contre leur prison magnifique? »

— « Vous ne trouvez donc pas que
cette nouvelle existence dans ce pays
chrétien soit aussi délicieuse que vous
vous l'étiez une fois imaginée? Vous
devriez rougir, Immalie, de votre in-
gratitude et de votre caprice. Vous rappelez-vous quand de votre île indienne,
vous entrevîtes de loin le culte chrétien,
que cet aspect vous mit dans l'enchan-
tement? »

— « Je me rappelle parfaitement tout
ce qui s'est passé dans cette île. Jadis

je vivais dans l'avenir ; maintenant je
vis dans le passé. »

« Vous ne vous trouvez donc point
heureuse dans ce nouveau monde d'intelligence et de luxe ? » dit Melmoth avec
une douceur involontaire.

— « Oui , quelquefois. »

— « A quelle occasion ? »

— « A la fin d'une triste et pénible
journée, quand mes songes me ramè-
nent vers cette île enchantée. Le sommeil est pour moi comme une barque,
conduite par des rameurs imaginaires,
et qui me pousse vers des bords char-
mans et bienheureux. C'est alors que
j'existe de nouveau au milieu des fleurs
et des parfums. J'entends la musique
des airs et des ruisseaux. Tout vit et

tout aime autour de moi. Mes pas sont
jonchés de fleurs, et l'onde pure vient
encore baiser mes pieds ! »

— « Et dans vos songes, Immalie,
ne voyez-vous jamais d'autres images? »

« Je n'ai pas besoin de vous dire, »
répondit Isidora avec ce singulier mélange de fermeté et de naïveté, résultat
de son caractère naturel et des circonstances extraordinaires de sa première
existence, « je n'ai pas besoin de vous
dire que vous êtes avec moi toutes les
nuits. »

— « Moi ! »

— « Oui, vous. Vous êtes toujours
dans ce canot qui me porte dans mon
île indienne. Vous me regardez ; mais
l'expression de votre figure est si changée,

que je n'ose vous adresser la parole.
Nous traversons les mers dans un instant. Vous tenez toujours le gouver-
nail, quoique vous ne débarquiez jamais. Aussitôt que mon île se montre à
ma vue, vous disparaissez. Quand nous
revenons, l'obscurité règne sur l'Océan,
et notre course est aussi ténébreuse et
aussi prompte que la tempête. Vous me
regardez et vous ne parlez jamais. Oh !
oui ! vous êtes avec moi toutes les nuits. »

« — « Mais, Immalie, ce ne sont que
des songes, de vaines illusions. Qui ?
moi ! vous conduire sur les mers d'Espagne jusqu'aux Indes ! Ce ne sont là
que des visions de votre imagination ! »

« — « Est-ce donc encore un songe qui
m'abuse à présent ? N'est-ce pas à vous

que je parle ? Expliquez - vous ; car il
me paraît non moins étrange de vous
voir en Espagne que d'être dans mon
île. Hélas ! dans la vie que je mène à
présent, mes songes sont devenus des
réalités et les réalités semblent n'être
que des songes. Si vous êtes réellement
ici, comment se fait-il que vous y soyez ?
Comment avez-vous fait pour venir me
voir de si loin ? Combien vous avez dû
traverser d'océans, combien vous avez
dû voir d'îles sans qu'il y en eût aucune
de semblable à celle où je vous vis pour
la première fois ! Mais est-ce vraiment
vous que je vois ? Je croyais vous avoir
vu hier au soir ; mais j'aime encore
mieux m'en fier à mes songes qu'à mes
sens. Je croyais que vous ne visitiez ja-

mais que cette île d'illusions; seriez-vous
réellement un être vivant, un être que
je puis espérer de voir dans cette terre
de froides réalités? »

— « Belle Immalie ou Isidora, ou
quelque nom que vos adorateurs in-
diens ou vos parrains chrétiens vous ont
donné, je vous prie de m'écouter, pendant que je vous dévoile quelques mystères. »

Et parlant ainsi, Melmoth se jeta sur
un lit de jacinthes et tulipes qui dé-
ployaient leurs brillantes couleurs et
exhalaient leurs parfums délicieux sous
la fenêtre d'Isidora.

« Oh! vous allez détruire mes fleurs, »
s'écria-t-elle, se rappelant tout à coup
les momens heureux où des fleurs étaient

à la fois les compagnes de son imagination et de son cœur.

« Je vous prie de me pardonner ; c'est ma vocation, » dit Melmoth en se roulant sur les fleurs écrasées et en lançant à Isidora un de ses regards sombres et effrayans. « Je suis envoyé pour fouler aux pieds toutes les fleurs du monde physique et moral, n'importe que ce soient des jacinthes, des cœurs ou d'autres bagatelles de ce genre. Et maintenant, donna Isidora, puisqu'il faut vous appeler ainsi, je suis ce soir ici ; demain, je serai..... où votre choix m'aura placé. Je vous préviens d'avance que cela m'est égal, soit que vous m'envoyiez aux mers de l'Inde, où vos songes m'ont déjà si souvent expédié, ou

bien qu'il me faille briser la glace du
pôle, ou bien enfin que je sillonne les
flots de cet Océan qu'un jour, jour affreux, qui n'aura ni soleil ni lune, ni
commencement ni fin, il me faudra sil-
lonner à jamais pour ne recueillir que
le désespoir ! »

— « Paix! paix! ne prononcez pas
des mots aussi horribles! Est-ce vous
en effet que j'ai vu dans l'île? Est-ce
vous qui depuis ce moment avez fait
partie de mes prières, de mes espérances, de mon cœur? Etes-vous cet
être sur qui je fondais encore mon espoir quand la vie était sur le point de
me manquer? Dans ma traversée pour
me rendre à cette terre chrétienne, j'ai
beaucoup souffert. J'étais si malade que

vous auriez eu pitié de moi. Oh! vous
seul, votre pensée, votre image pouvait
me soutenir! J'aimais, et quand on aime
on vit. Privée de cette existence délicieuse qui me parut un songe et qui
remplit encore mes songes, en faisant
de mon sommeil une seconde existence,
j'ai pensé à vous, j'ai rêvé de vous, je
n'ai aimé que vous! »

— « M'aimer!.... aucun être ne m'a
encore prouvé son amour que par des
larmes! »

« Et n'en ai-je pas versé? » dit Isidora, « Croyez-en celles-ci, elles ne sont
pas les premières que j'ai répandues, et
je crains bien, grâce à vous, qu'elles ne
soient pas non plus les dernières. »

« En vérité, vous finiriez par m'ins-

pirer de la fatuité, » dit le voyageur avec
un rire sardonique. « Soit : je le veux
bien et quand viendra le jour trop heureux, belle Immalie, toujours belle Isidora, en dépit de votre nom chrétien
que j'ai bien de la peine à prononcer,
ce jour où vous vous réveillerez au milieu des baisers, des rayons de la lumière, de l'amour et de tous les vains
ornemens dont la folie couvre le malheur avant leur union? »

Il accompagna ce discours de ce rire
affreux et convulsif qui unit l'expression
de la frivolité à celle du désespoir. La
pauvre et timide Isidora lui répondit :
« Je ne vous comprends pas; et si vous
ne voulez pas me priver de ma raison,

V. 6

ne riez plus, ou du moins ne riez plus ainsi. »

« Il faut bien que je rie, *puisque je ne saurais pleurer,* » dit Melmoth en fixant sur elle ses yeux secs et brûlans, que le clair de lune rendait plus visibles. « Il y a long-temps que la source des larmes est tarie en moi, comme celle de tout autre bonheur humain. »

« Je saurai pleurer pour nous deux, » dit Isidora, et ses larmes coulaient autant de souvenir que de douleur; quand ces deux sources s'unissent, Dieu seul et le malheureux savent s'ils coulent en abondance.

« Gardez ces pleurs pour notre heure nuptiale, mon aimable fiancée, » dit

Melmoth en lui-même, « vous n'en aurez pas trop. »

Cédant à un sentiment naturel au cœur des femmes, Isidora, d'une voix mal assurée, lui dit : « Si vous m'aimez, ne me recherchez plus en secret ; ma mère, quoique sévère, est bonne ; mon frère est généreux, quoique susceptible.... mon père....je ne l'ai jamais vu ; mais puisqu'il est mon père, il faudra qu'il vous aime. Que je vous retrouve en leur présence, le plaisir que j'éprouve en vous voyant ne sera plus mêlé de douleur et de honte. Invoquez la sanction de l'église, et alors, peut-être....»

« Peut-être ! » reprit Melmoth.« Vous avez donc déjà appris le *peut-être* européen ; cet art de suspendre le sens d'un

mot significatif, d'affecter de la fran-
chise, au moment où l'on cache de plus
en plus les replis de son cœur, de nous
mettre au désespoir, au moment où
l'on veut que nous espérions ! »

« Oh non, non! » s'écria l'innocente
créature, » je suis toute *vérité*. Je suis
Immalie quand je vous parle, quoique
pour tout autre, dans ce pays, je sois
Isidora. Quand je vous aimai pour la
première fois, je n'avais qu'un cœur à
consulter ; maintenant il y en a plusieurs,
et dans le nombre il y en a bien peu qui
ressemblent au mien. Mais si vous m'aimez, vous pourrez vous plier à eux
comme je l'ai fait; vous pourrez aimer
leur Dieu, leurs foyers, leurs espérances et leur pays. Même avec vous je

ne saurais être heureuse, si vous n'ado-
rez la croix que votre main indiqua la
première à ma vue errante, et cette religion que vous confessâtes à regret être
la plus belle et la plus bienfaisante de la
terre. »

« Ai-je confessé cela ? » répéta Melmoth, » il faut vraiment que je l'aie fait
à regret. Belle Immalie, ajouta-t-il en
étouffant un rire satirique, « vous m'a-
vez converti à votre nouvelle religion,
à votre beauté, à votre naissance espagnole, à vos noms ronflans, à tout ce
que vous pouvez désirer. Je me présen-
terai incontinent devant votre pieuse
mère, devant votre frère irrité, et devant tous vos parens, quelque suscep-
tibles, fiers ou ridicules qu'ils puissent

être. Je leur parlerai, je les flatterai, et quand ils me renverront à votre homme de loi avec ses larges moustaches et son manteau de vélours noir rapé, je vous assignerai pour douaire, le plus ample territoire que jamais épouse ait reçu de son époux. »

— « Oh! puisse-t-il être situé dans cette terre harmonieuse et brillante où je vous ai vu pour la première fois! Un seul endroit pour placer mes pieds au milieu de ses fleurs, me serait plus précieux que toute la terre cultivée de l'Europe. »

— « Non, ce sera dans une région que ces hommes de loi connaissent bien mieux, et à laquelle votre pieuse mère et votre orgueilleuse famille reconnaîtront

elles-mêmes mes droits quand je les leur
aurai expliqués. Il se peut que d'autres
y possédent des droits indivis avec moi ;
et cependant, chose étrange à dire! ils
ne me disputeront jamais mon titre ex-
clusif à sa possession. »

« Je ne comprends rien à tout cela, »
dit Isidora; « mais je sens que je manque aux bienséances imposées à une
femme espagnole et chrétienne en cau-
sant plus long-temps avec vous. Si vous
pensez comme vous faisiez jadis ; si vous
sentez comme je dois sentir à jamais,
toute cette discussion, qui m'embarrasse
et m'effraye, devient inutile. Qu'ai-je à
faire de ce territoire dont vous me parlez? si *vous* en êtes le possesseur, c'est
là son seul prix à mes yeux. »

« Ce que vous y avez à faire! » répéta
Melmoth. « Oh! vous ne savez pas encore tout ce que vous pouvez avoir à
faire avec ce territoire et avec moi! Par
moi, vous vous en assurez l'éternelle
possession. Mes héritiers en jouiront
aux siècles des siècles, pourvu qu'ils le
tiennent au même titre que moi. Ecoutez-moi, belle Immalie, ou chrétienne,
ou tout autre nom qu'il vous plaira d'a-
dopter, écoutez-moi, pendant que je
vous annonce la richesse, la population
et la magnificence de cette région dont
je veux vous faire le don nuptial. Là, se
trouvent tous les chefs de la terre : les
héros, les souverains, les tyrans. Là,
sont leurs richesses, leur pompe et leur
pouvoir. Quelle superbe accumulation!

Ils y ont des trônes et des couronnes,
et des piédestaux et des trophées de feu,
qui brûlent aux siècles des siècles, et
l'éclat de leur gloire y brille éternellement. Là, sont tous ceux dont vous avez
lu l'histoire, vos Alexandres, vos Cé-
sars, vos Ptolémées et vos Pharaons. Là
sont les princes de l'Orient, les Nem-
brods, les Baltsasars et les Holopher-
nes de leurs siècles. Là sont les princes
du Nord, les Odins, les Attila, les Ala-
rics, tous ces barbares sans nom, et qui
n'en méritent pas, lesquels, sous des titres et des prétextes différens, ont ra-
vagé et désolé la terre qu'ils venaient
conquérir. Là, enfin, se trouvent les
souverains du Midi, de l'Orient et de
l'Occident, les descendans de Mahomet,

V.   7

les califes, les Sarrasins, les Maures avec
leurs titres pompeux, leurs prétentions
et leurs ornemens, le croissant, le Ko-
ran et la queue de cheval. Oh! vous ne
manquerez pas de société dans cette
brillante région : car elle sera véritablement brillante, et qu'importe que sa
lumière provienne du soufre enflammé
ou des rayons tremblans de la lune qui
vous font paraître si pâle en ce moment? »

« Je suis pâle, dites-vous, » répondit Isidora, respirant avec peine, « je ne
m'en étonne pas. Je ne comprends pas
le sens de vos paroles; mais ce sens doit
être horrible : ne me parlez plus de
cette région avec son orgueil, ses vices
et sa splendeur ! Je suis prête à vous

suivre dans des déserts, dans des soli-
tudes qu'aucun pied n'aura foulées que
le vôtre, et où le mien, toujours fidèle,
suivra la trace de vos pas. Je suis née
dans la solitude, et je saurai, s'il le
faut, y mourir ; pourvu qu'en quelque
lieu que je vive, à quelque époque que
je meure, je sois à vous. Pour le lieu, il
ne m'importe guère, quand même ce
serait !.... Elle frémit involontairement. »

« Quand même ce serait..... *Où* ? »
demanda Melmoth qui éprouvait à la
fois un triomphe sauvage à la vue du
dévouement de cette infortunée, et un
sentiment d'horreur à la destinée qu'elle
allait, par ses imprécations, attirer sur
elle-même.

« Partout où vous serez, » répondit
Isidora. « Là, je veux être, et là je serai heureuse comme dans l'île des fleurs
et du soleil où je vous vis pour la première fois. Oh ! je ne vois plus de fleurs
aussi belles et aussi odorantes que celles
qui y croissaient; je n'entends plus la musique de ses ruisseaux et de ses zéphyrs
qui me semblaient répéter le son de vos
pas!.... »

« Vous entendrez une musique bien
plus parfaite, » interrompit Melmoth :
« vous entendrez les voix de dix mille,
que dis-je? de dix millions d'esprits,
dont les tons sont éternels, sans pauses
et sans intervalles. »

« Ce sera vraiment beau, » s'écria
Isidora en joignant les mains. « Le

seul langage que j'aie appris dans ce nouveau monde, et qui mérite qu'on le parle, est le langage de la musique. J'en avais distingué quelques sons imparfaits dans le gazouillement des oiseaux de mon ancien monde; mais c'est dans celui-ci qu'on me l'apprit véritablement. Le malheur, que j'ai en même temps appris à connaître, balance à peine ce nouvel et délicieux langage. »

« Mais songez, » reprit Melmoth, « si vous avez réellement tant de goût pour la musique, combien vous aurez de jouissances quand vous entendrez ces accens accompagnés et répétés par les torrens de dix mille flots de feu battant contre les rochers auxquels le

désespoir éternel a donné la dureté du
diamant! On parle de la musique des
sphères! pensez plutôt à celle de ces
orbes vivans, tournant éternellement
sur leurs axes de feu, et chantant éternellement pendant qu'ils brûlent, comme ces chrétiens, vos frères, qui servi-
rent à illuminer les jardins de Néron,
dans Rome, pendant une nuit de ré-
jouissances. »

— « Vous me faites trembler! »

— « Trembler, parce qu'on vous
parle de feu! quelle étrange timidité!
Je vous ai promis que, quand vous arri-
veriez dans vos nouveaux domaines, vous
y trouveriez tout ce qu'il y a de plus
grand et de plus magnifique, de plus

splendide et de plus voluptueux : le
monarque et l'épicurien, un lit de
roses et un dais de feu. »

« Et c'est là la demeure à laquelle
vous m'invitez ? »

— « Oui, c'est elle ; venez et soyez à
moi. Des milliers de voix vous y ap-
pellent : écoutez et obéissez-leur! Ces
voix retentissent toutes dans la mienne.
Leurs feux brillent dans mes yeux, et
brûlent dans mon cœur. Ecoutez-moi,
Isidora ; ma bien-aimée, écoutez moi.
C'est sincèrement et pour jamais que je
vous recherche. Oh ! qu'ils sont frivoles
les liens qui unissent des amans mortels,
comparés à ceux qui nous uniront tous
deux dans l'éternité ! Vous aimez la musique : *là*, vous entendrez sans doute la

plupart des musiciens qui ont existé, depuis Tubalcaïn jusqu'à Lulli. Leur accompagnement sera singulier : ce sera le rugissement éternel d'une mer de feu, formant une basse continue aux chants de millions de chanteurs souffrans ! »

« Que voulez-vous dire par cette horrible description?» demanda la tremblante Isidora ; « vos paroles sont des énigmes pour moi : je ne vous comprends pas. »

« Vous ne me comprenez pas ! » répéta Melmoth avec un air froidement satirique qui contrastait effroyablement avec la brûlante intelligence qui brillait dans ses yeux ; « vous ne me comprenez pas ! N'aimez-vous donc pas la musique ? »

— « Je l'aime. »

— « Aimez-vous aussi la danse, ma belle, ma gracieuse amante? »

— « Je l'aimais. »

— « Pourquoi cette différence dans vos réponses? »

— « J'aime la musique; je dois l'aimer à jamais : elle est pour moi le langage du souvenir. Chaque son que j'entends me ramène avec ma chère île : je ne saurais en dire autant de la danse. J'ai *appris* la danse; mais j'ai *senti* la musique. Je n'oublierai jamais la première fois que je l'entendis : je crus que c'était le langage que les chrétiens parlaient toujours entre eux. »

— « Ces raisons sont assez bonnes; mais je voudrais savoir si vous n'en avez

pas encore d'autres pour *aimer* la musique, et pour avoir *aimé* la danse. Si
vous en avez, dites-les moi, de grâce. »

— « J'aime la musique, parce qu'en
l'entendant je pense à vous. J'ai cessé
d'aimer la danse, quoiqu'elle m'eût d'a-
bord ravie, parce qu'en dansant il m'est
arrivé quelquefois de vous oublier. En
votre présence , quoiqu'elle paraisse
nécessaire à mon existence , je n'ai jamais éprouvé cette sensation délicieuse
que me cause votre image quand la musique l'évoque du fond de mon cœur.
La musique me paraît être la voix de la
religion qui m'ordonne de me rappeler
et d'adorer le Dieu de mon cœur. La
danse me semble une apostasie momen-
tanée, et presqu'une profanation. »

« Ces raisons sont subtiles, j'en conviens, » dit Melmoth, « je n'y trouve qu'un défaut; c'est de n'être pas assez flatteuses pour celui qui les écoute...... mais n'importe la danse ou la musique! il paraît que mon image est également pernicieuse dans l'une et dans l'autre. Celle-ci vous tourmente par des souvenirs; celle-là par des remords. Mais je suppose que cette image vous soit retirée à jamais; je suppose qu'il fût possible de rompre le lien qui nous unit et dont l'illusion a pénétré jusque dans l'âme de tous deux.... »

« Vous pouvez le supposer, » dit Isidora, avec un mélange de fierté virginale et de tendre douleur; « et si vous le faites, vous pouvez croire que j'y

ferai aussi mon possible de mon côté,
L'effort ne me coûtera pas beaucoup....
rien que.... ma vie! »

Melmoth contemplait cette belle et
innocente créature, jadis si cultivée au
sein de la nature, maintenant si naturelle encore au milieu de la civilisation,
et conservant toute la douce richesse de
sa première nature angélique, dans l'atmosphère artificielle où nul n'appréciait ni son parfum ni son éclat. Melmoth la contemplait, il sentait son prix
et se maudissait lui-même. Puis avec cet
égoïsme, compagnon d'un malheur sans
espoir, il crut que cette malédiction serait affaiblie en se partageant; et s'approchant de la fenêtre devant laquelle
se tenait sa victime pâle et toujours belle,

il lui dit du ton le plus doux qu'il lui fût possible de prendre :

« Isidora ! voulez-vous donc être à moi ? »

« Que vous répondrai-je ? » dit Isidora. « Si c'est l'amour qui m'interroge, j'en ai dit assez ; si ce n'est que la vanité, j'en ai dit beaucoup trop. »

— « La vanité ! hélas ! vous ne savez ce que vous dites ! L'ange accusateur lui-même n'osera mettre ce péché au nombre des miens. Il est impossible que je le commette jamais. C'est un sentiment terrestre. Je ne puis, par conséquent, y participer ni en jouir. Il n'en est pas moins vrai que dans ce moment je sens un peu d'orgueil humain. »

En prononçant ces derniers mots, sa

physionomie prit en effet une expression d'orgueil si effrayante, qu'Isidora
ne put s'empêcher de frémir. Tremblante
et remplie d'inquiétude, elle lui dit:
« Voulez-vous donc être à moi? Ou bien
que faut-il que je pense de vos horribles
discours? Hélas! *mon* cœur ne s'est jamais enveloppé de mystère. Jamais l'é-
clat de sa vérité ne s'est montré au milieu des éclairs et du tonnerre, du sein
desquels vous avez prononcé l'arrêt de
ma destinée. »

— « Voulez-vous donc être à moi,
Isidora? »

— « Consultez mes parens; épou-
sez-moi selon les rites et en face de l'E-
glise, dont je suis un membre indigne,
et je serai à vous pour toujours. »

« *Pour toujours!* » s'écria Melmoth. « C'est bien dit, *mon* épouse! vous voulez donc être à moi *pour toujours?....* Le voulez-vous, Isidora? »

— « Oui.... oui.... je l'ai déjà dit.... Mais le soleil est près de se lever. Je sens la fraîcheur de la matinée; les orangers exhalent un parfum plus fort. Retirez-vous.... Je suis restée trop longtemps.... Les domestiques ne tarderont pas à se lever; ils pourraient vous apercevoir.... Retirez-vous, je vous en conjure. »

— « Je pars; mais un seul mot encore. Pour moi, le lever du soleil, l'arrivée de vos domestiques, tout ce qui est dans les cieux au-dessus de ma tête ou sur la terre à mes pieds; tout, vous dis-je, est également indifférent. Que le soleil reste sous l'horizon et m'attende. *Vous êtes à moi !* »

— « Oui, je suis à vous ; mais il faut que vous sollicitiez le consentement de ma famille. »

— « Oh ! sans doute. Pourquoi pas ? Je suis si accoutumé à la sollicitation. »

— « Et.... »

— « Eh bien ! Quoi ? vous hésitez. »

— « J'hésite, » dit l'ingénue et timide Isidora, « parce que.... »

— « Encore ? »

« Parce que, » ajouta-t-elle en fondant en larmes, « ceux à qui vous parlerez ne prononceront pas le même langage que moi. Ils vous parleront de richesses et de douaire ; ils vous demanderont des détails sur cette région où vous m'avez dit qu'étaient situés ces riches et vastes domaines ; et, s'ils m'en parlaient la première, que faudra-t-il que je réponde ? »

A ce discours, Melmoth s'approcha, le plus près qu'il lui fut possible, de la fenêtre, et prononça un mot que, dans le premier moment, Isidora ne parut pas avoir entendu ou compris. Tremblante, elle réitéra sa demande. La réponse fut donnée d'une voix plus basse encore. N'osant croire à ce qu'elle venait d'entendre, et se flattant que ses oreilles l'avaient trompée, elle répéta, pour la troisième fois, sa question. Cette fois un MOT épouvantable, impossible à redire, tonna dans son oreille. Elle

V. 8

poussa un cri perçant en fermant sa fenêtre. Hélas ! cette fenêtre ne lui dé-
roba que la figure de l'étranger ! Son
image restait gravée dans son cœur.

———

CHAPITRE XXVI.

Le manuscrit que le juif Adonias m'avait chargé de copier, continua Moncada, offrait, en cet endroit, plusieurs pages illisibles. Adonias lui-même ne fut pas en état de les suppléer. J'en distinguai néanmoins qu'Isidora permit imprudemment à son mystérieux amant de continuer à fréquenter le jardin la nuit, et qu'elle causait avec lui par la fenêtre. En attendant, elle ne put obtenir qu'il se déclarât à sa famille; peut-être craignait-elle elle-même que sa demande ne fût mal reçue.

Connaissant la contrainte sévère et l'extrême régularité qui régnait dans la maison, elle éprouvait intérieurement quelque surprise de la facilité avec laquelle Melmoth paraissait les défier l'une et l'autre, et se trouvait ainsi en état de visiter le jardin tous les soirs. Mais telle était l'influence que conservait sur elle son existence romantique, que la présence de son amant, malgré les circonstances extraordinaires dont elle était accompagnée, ne lui inspira jamais le désir de faire une seule question sur les moyens qu'il paraissait avoir de vaincre des difficultés insurmontables à tout autre.

Deux circonstances étaient surtout frappantes dans leur réunion. Après s'étre séparés dans une île de la mer des Indes, ils se revoyaient, au bout de trois ans, en Espagne, et ni l'un ni l'autre n'avait songé à s'informer des aventures qui avaient précédé une rencontre si singulière et si inattendue. Il était facile d'expliquer ce défaut de curiosité de la part d'Isidora. Sa première existence avait eu un caractère si fabuleux et si fantastique, que les choses les moins probables lui étaient devenues familières, tandis que les choses les plus simples lui paraissaient seules sans probabilité. Des merveilles formaient son élément naturel, et elle était moins surprise de revoir Melmoth en Espagne, qu'elle ne l'avait été la première fois qu'elle l'avait rencontré dans cette île.

Un motif tout-à-fait opposé faisait, sur Melmoth, un effet semblable. Sa destinée lui défendait également la curiosité et la surprise. Le monde ne pouvait lui offrir de merveille plus étonnante que sa propre existence ; et la facilité avec laquelle il passait de région en région, se mêlant aux hommes sans avoir rien de commun avec eux, semblable à un spectateur fatigué et accablé d'ennuis, qui erre de place en place dans une vaste salle de spectacle où il ne connaît personne, cette facilité eût prévenu en lui l'étonnement, quand il eût rencontré Isidora sur le sommet des Cordilières.

Pendant un mois entier elle ne cessa de permettre des visites nocturnes, quoi-

que, pour dire la vérité, à une distance
qui aurait empêché, même à la jalousie
espagnole, de s'en formaliser : car le
balcon de sa fenêtre était à près de qua-
torze pieds au-dessus du niveau du
jardin où Melmoth se tenait. Durant le
cours de ce mois, Isidora passa rapidement, mais imperceptiblement par
toutes les phases du sentiment que ceux
qui ont aimé ont tous connues, soit que
leur passion ait eu un cours tranquille,
soit qu'il ait été semé d'obstacle. Au
commencement, elle était pleine du désir à la fois d'écouter et de se faire entendre. Elle brûlait de raconter toutes les
merveilles de sa nouvelle existence ; elle
éprouvait, sans s'en rendre compte, ce
désir vague et dépourvu de tout senti-

ment d'amour-propre qui porte cependant à déployer, en présence de l'objet que nous aimons, toute l'éloquence, tous les talens, tous les attraits que nous possédons, dans l'espoir seul d'augmenter notre prix à ses yeux. Nous nous glorifions alors de l'hommage que la société nous accorde, dans l'espoir de sacrifier ces hommages à notre bien-aimé. Il nous semble que les éloges que nous recevons, nous rendent plus dignes des siens.

Quant à Isidora, même dans cette île où Melmoth avait assisté, pour ainsi dire, à l'aurore de son intelligence, elle avait senti en elle-même le germe des talens dont elle ne s'enorgueillissait point. Son estime pour elle-même aug-

menta avec son attachement pour lui.
Sa passion devint son orgueil, et quand
son esprit commença à s'étendre, elle
s'imagina qu'en voyant l'admiration
qu'elle inspirait par son amabilité, ses talens et ses richesses, cet homme si fier,
si bizarre finirait par s'humilier devant
elle, ou du moins par reconnaître le pouvoir de ces talens qu'elle avait eu tant
de peine à acquérir depuis son entrée
involontaire au sein de la société euro-
péenne.

Elle avait entretenu cet espoir dans
le commencement de ses visites, mais
quelqu'innocent et quelque flatteur qu'il
fût pour l'objet auquel il s'adressait, cet
espoir fut déçu. Pour Melmoth, il n'y
avait réellement rien de nouveau sous le

V.   9

soleil. Les connaissances étaient pour lui
un fardeau, il n'avait rien à apprendre
de personne. Les talens étaient des bagatelles sans valeur, la beauté était une
fleur qu'il contemplait avec mépris, et
qui se flétrissait par son attouchement.
Quant aux richesses et aux honneurs,
il les appréciait ainsi qu'ils le méritaient,
mais non avec ce tranquille dédain du
philosophe ou ce pieux oubli du saint,
mais avec cette indignation et ce désir
avide de voir exécuter l'arrêt auquel il
ne doutait pas que leurs possesseurs
ne fussent condamnés. Mu par de pareils sentimens et par d'autres qu'il est
impossible de décrire, Melmoth éprou-
voit un soulagement extraordinaire des
flammes éternelles qui brûlaient déjà

dans son sein, dans la fraîcheur parfaite
et sans tache du cœur d'Immalie, car
elle était toujours Immalie pour lui.
Elle était comme l'Oasis de son désert,
la fontaine limpide à laquelle il s'abreu-
vait, et qui lui faisait oublier les sables
brûlans par lesquels il venait de passer,
et ceux plus brûlans encore vers lesquels
sa course se dirigeait.

Au bout de huit jours, Isidora avait
déjà renoncé à l'espoir de l'éblouir ou de
lui inspirer de l'intérêt, à cet espoir qui,
dans le cœur de la femme la moins co-
quette, naît en même temps que l'amour.
Tous ses vœux, tout son cœur se con-
centrèrent, non plus dans l'ambition
d'être aimée, mais dans le seul désir d'aimer. Elle ne parlait plus avec un orgueil

innocent et naïf des talens qu'elle avait acquis, de son goût qu'elle avait cultivé. Elle ouvrait à peine la bouche et se contentait d'écouter. Elle le voyait longtemps avant qu'il parût; elle l'entendait quoiqu'il ne parlât pas. Souvent ils passaient la nuit entière, Isidora fixant ses yeux alternativement sur la lune et sur son mystérieux amant, tandis que Melmoth, sans prononcer un mot, s'appuyait contre les colonnes de son balcon, ou contre le myrte touffu, qui couvrait, d'une ombre qu'il recherchait même la nuit, l'expression effrayante de sa physionomie. Ce silence mutuel se prolongeait jusqu'à ce qu'à la vue de l'aurore, Isidora donnât de la main le signal muet de leur séparation.

Telles sont les gradations marquées d'un sentiment profond. Le langage n'est plus nécessaire à ceux dont les cœurs palpitans savent se faire entendre, dont les yeux se parlent plus clairement, même à la lumière affaiblie de la lune, que la physionomie ouverte au grand jour; à ceux qui éprouvant une joie exquise au renversement de tous les sentimens et de toutes les habitudes de la terre, trouvent la lumière dans les ténèbres et l'éloquence dans le silence.

Pendant leurs dernières entrevues, Isidora parlait parfois ; mais c'était seulement pour rappeler à son amant, du ton le plus doux, la promesse qu'il lui avait faite de se faire connaître à ses parens et de la demander en mariage.

Elle murmurait aussi pour lors quelques mots de sa santé qui dépérissait, de son courage qui l'abandonnait, de son espérance qui ne se réalisait point, de leurs entrevues mystérieuses qu'elle se reprochait. En parlant ainsi elle pleurait; mais elle lui cachait ses larmes.

C'est ainsi, mon Dieu, que nous sommes justement condamnés, quand nous nous attachons à tout autre qu'à vous, à voir notre cœur repoussé comme la colombe qui parcourait l'Océan sans rivage, et ne trouvait pas un endroit où poser le pied, pas une branche de verdure à rapporter dans son bec. Puisse l'arche de la miséricorde s'ouvrir pour de telles âmes, et leur accorder un asile contre ce monde orageux et ce déluge de cour-

roux contre lequel elles ne peuvent combattre, et où elles ne trouvent aucun
lieu de repos! Isidora était enfin arrivée
au dernier période de ce pénible péle-
rinage où elle avait été conduite à regret par un guide cruel. Durant le premier, elle avait essayé, avec l'innocent
artifice d'une femme, à l'attacher en dé-
ployant devant lui tous ses nouveaux
dons, sans se douter qu'ils n'étaient pas
nouveaux pour lui. Dans le second,
elle s'était contentée de le voir; mais
maintenant, elle commençait à sentir que pour un amour si vif, un attachement si profond, elle méritait au
moins un honorable aveu de la part de
son amant, et que ce mystérieux délai,
dans lequel son existence se dissipait,

pouvait rendre cet aveu trop tardif,
quand à la fin, il s'y déciderait. Elle lui
fit part de ses pensées; mais à toutes ses
prières, dont les moins touchantes n'é-
taient pas celles où elle n'employait que
les regards, il ne répondait que par un
silence profond et inquiet ou par des
discours frivoles, que leurs sauvages et
terribles saillies rendaient plus effrayans
encore.

Parfois, il paraissait même insulter
au cœur dont il avait triomphé, en affec-
tant de douter de sa conquête, de l'air
d'un homme qui s'en glorifie et qui raille
son captif en lui demandant s'il est réellement enchaîné.

« Vous ne m'aimez pas, » disait-il
alors. « Vous ne *pouvez* pas m'aimer.

L'amour dans votre patrie chrétienne
doit être le résultat d'un goût cultivé,
d'habitudes semblables, d'une heureuse
ressemblance de travaux, de pensées,
d'espérances et de sentimens. Il est donc
impossible que vous aimiez un être d'un
extérieur repoussant, bizarre dans ses
manières, sauvage et impénétrable dans
ses sentimens, inaccessible enfin dans
le but arrêté de son existence effrayante
et sans crainte. Non, » ajoutait-il d'un
ton mélancolique, mais ferme, « vous
ne pouvez m'aimer dans la position où
vous a placée votre nouvelle vie. Jadis... mais ces temps sont passés.....
maintenant vous êtes un enfant baptisé
de l'Eglise catholique..... un membre
de la société civilisée.... l'enfant d'une

famille qui ne connaît point l'étranger.
Qu'y a-t-il donc entre vous et moi,
Isidora ? »

« Je vous ai aimé, » répondit la vierge
espagnole, d'une voix aussi pure, aussi
ferme et aussi tendre que du temps où elle
était la seule divinité de son île enchantée
et fleurie. « Je vous ai aimé avant d'être
chrétienne; j'ai changé de croyance, mais
mon cœur n'a point changé. Je vous aime
encore; je serai à vous pour toujours.
Vous m'insultez en paraissant douter de
ce sentiment que vous ne cherchez à analyser que parce que vous ne le sentez pas
ou ne pouvez pas le comprendre. Dites-
moi *ce que c'est qu'aimer*. Je vous dé-
fie, avec toute votre éloquence et tous
vos sophismes, de répondre à cette ques-

tion avec autant de justesse que moi. Si
vous voulez savoir ce que c'est que l'a-
mour, ne le demandez pas à la bouche
d'un homme, mais au cœur d'une
femme. »

« En me priant de vous expliquer
l'amour, » dit Melmoth avec un sourire
amer, « vous m'imposez une tâche qui
m'est si agréable, que je ne doute pas
de la remplir à votre entière satisfaction.
Aimer, belle Isidora, c'est vivre dans
un monde que nous avons créé nous-
mêmes, et dans lequel les formes et les
couleurs des objets sont aussi brillantes
que fausses et décevantes. Pour ceux
qui aiment, il n'y a ni jour ni nuit, ni
été ni hiver, ni société ni solitude. Leur
délicieuse mais illusoire existence n'offre

que deux époques, la *présence* et l'absence. Elles tiennent lieu de toutes les
distinctions de la nature et de la société.
Le monde pour eux ne renferme qu'un
individu, et cet individu est pour eux
le monde lui-même. L'atmosphère de
sa présence est le seul air dans lequel ils
puissent vivre, et la lumière de ses yeux
est le seul soleil de leur création. »

« J'aime ! » se dit intérieurement,
Isidora.

Aimer, » continua Melmoth, « c'est
vivre dans une existence remplie de con-
tradictions perpétuelles ; sentir que l'absence est insupportable ; souffrir presque autant dans la présence de l'objet
aimé ; être rempli de dix mille pensées
quand nous sommes loin de lui ; songer

au bonheur que nous éprouverons à lui
en faire part en le voyant : et quand le
moment de notre réunion arrive, nous
sentir, par une timidité également op-
pressive et insupportable, hors d'état
d'exprimer une seule de ces pensées ;
être éloquent en son absence et muet en
sa présence ; attendre le moment de son
retour comme l'aurore d'une nouvelle
existence : et quand il arrive être privé
tout à coup de ces moyens auxquels il
devait donner une nouvelle énergie ;
guetter la lumière de ses yeux, comme
le voyageur du désert guette le lever du
soleil : et quand l'astre a paru, succom-
ber sous le poids accablant de ses rayons,
et regretter presque la nuit.

« Ah ! s'il en est ainsi , je crois bien que j'aime, » dit à demi-voix Isidora.

« *Aimer*, » poursuivit Melmoth, avec une énergie toujours croissante, « c'est sentir que notre existence est tellement absorbée dans celle de l'objet aimé, que nous n'avons plus de sentiment que celui de sa présence; de jouissances que les siennes ; de maux que ceux qu'il souffre ; *aimer*, c'est n'*être* que par ce qu'il *est*, n'user de la vie que pour la lui conserver, tandis que notre humilité croît en proportion de notre attachement. Plus nous nous abaissons, moins notre abaissement nous paraît suffire pour exprimer notre amour; la femme qui aime ne doit plus se rappeler son existence individuelle; elle ne doit considérer ses parens, sa patrie, la nature, la société, la *religion* elle-même.... Vous tremblez! Immalie; je veux dire Isidora.... que comme des grains d'encens qu'elle jette sur l'autel du cœur. »

« Oui, j'aime en effet, » s'écria Isidora, et elle pleurait et tremblait en faisant cette terrible confession. « J'aime, car j'ai oublié tous les biens que l'on m'a dit être ceux de la nature, et le pays dans lequel on m'a dit que j'étais née. Je renoncerai, s'il le faut, à mes parens, à ma patrie, aux habitudes que j'ai prises, aux pensées que l'on m'a enseignées, à la religion que je.... Oh non! mon Dieu! mon Sau-

veur ! » ajouta-t-elle en quittant préci-
pitamment la fenêtre, pour se jeter aux
pieds du crucifix et l'embrasser, « non,
je ne vous renoncerai jamais ! vous ne
m'abandonnerez point à l'heure de la
mort ! vous ne me déserterez point à
l'heure des épreuves ! vous ne me délais-
serez point aujourd'hui même ! »

A la lumière des bougies qui brûlaient dans sa chambre, Melmoth put
la voir prosternée aux pieds de l'image
sacrée. Il distingua cette dévotion du
cœur, qui le faisait palpiter d'une manière presque visible dans son sein
d'albâtre ; ses mains jointes qui paraissaient implorer des secours contre les
mouvemens d'un cœur qu'elle cher-
chait vainement à réprimer, et qui

ensuite se levaient vers le ciel, comme
pour lui demander pardon de l'inutilité
de leurs efforts. Il frémit en voyant la
sincérité avec laquelle elle embrassait
le crucifix. Il ne regardait jamais ce
symbole sans détourner les yeux ; mais
cette fois, il ne put les détacher d'Immalie, agenouillée devant la croix. Il
parut oublier pour un moment l'instinct
infernal qui gouvernait son existence,
et ne la regarder que pour le seul plaisir de la voir. Sa personne entière
prosternée, ses riches vêtemens, qui
flottaient autour d'elle comme la draperie qui orne un autel inviolable ; ses
beaux cheveux qui couvraient seuls ses
épaules nues ; ses belles mains blanches
unies pour prier, la pureté d'expres-

V. 10

sion qui semblait l'identifier avec ce qu'elle faisait; tout cela lui donnait l'air, non d'une mortelle suppliante, mais du génie même de la prière. On ne pouvait s'empêcher de penser que deux lèvres pareilles ne pouvaient converser qu'avec les habitans des cieux. Melmoth, qui éprouvait ce que je viens de décrire, sentait en même temps qu'il lui était à jamais impossible d'y participer; il détourna la tête, avec une douleur morne et triste, et le rayon de la lune qui vint éclairer son œil brûlant, n'y rencontra point de larme.

S'il avait regardé un instant de plus, il aurait vu sur la figure d'Isidora une expression trop flatteuse, sinon pour son cœur, du moins pour sa vanité; il y aurait remarqué cette profonde et dangereuse méditation de l'âme, déterminée à scruter les mystères de l'amour et de la religion, afin de se décider pour l'un ou pour l'autre, cette *pause* sur le bord d'un abîme, cette pause qui fait trembler la balance entre Dieu et l'homme.

Au bout de quelques instans Isidora se releva. Il y avait plus de calme, plus d'élévation dans son air. On voyait aussi cette décision qu'un appel sans réserve au *Sondeur des reins* ne manque jamais de communiquer, même aux plus faibles d'entre ses créatures.

Melmoth retournant à sa place sous la fenêtre, la regarda pendant quelque temps avec un mélange de surprise et

de compassion ; mais se hâtant de
repousser ces sentimens, il lui demanda
quel gage elle était prête à lui donner de
cet amour qu'il avait décrit, et qui était
le seul qui en méritât le nom.

— « Tous les gages que les enfans des
hommes peuvent donner, mon cœur
et ma main ; ma résolution d'être à vous
au sein du mystère et de la douleur ; de
vous suivre s'il le faut dans l'exil et dans
la solitude. »

Tandis qu'elle parlait, il régnait dans
ses yeux, et sur toute sa physionomie,
une sublimité radieuse qui lui donnait
l'apparence d'un être céleste, réunissant
à la fois la passion et la pureté. Il s'y
joignait aussi quelque chose qui annon-
çait l'orgueil de la vertu, la confiance

dans une faiblesse apparente et dans une énergie intérieure. Elle était là comme une femme aimante, mais que son amour n'humilie pas, unissant à la tendresse la magnanimité, prête à tout sacrifier à son amant, excepté ce qui doit diminuer, à ses yeux, le prix du sacrifice; prête à être la victime, mais se sentant digne d'être la prêtresse.

Melmoth la regardait fixement. Un sentiment généreux et humain fit battre momentanément son cœur. Il voyait sa beauté, son attachement, sa pure et parfaite innocence, son sentiment unique pour un homme qui, à cause de la puissance effrayante de son existence surnaturelle, ne pouvait rien éprouver

pour aucun être mortel. Il en détourna
les yeux, mais il ne pleura pas.

« Eh bien ! Isidora, « dit-il, » vous
ne voulez donc point me donner de gage
de votre amour ? Est-ce là ce que vous
voulez me faire comprendre ? »

— « Demandez un gage qu'une femme
puisse donner. Plus serait hors de mon
pouvoir, moins rendrait le gage sans valeur. »

Ces mots firent une si vive impression
sur Melmoth, dont le cœur, quoique
plongé dans des crimes impossibles à
décrire, n'avait jamais été souillé par la
sensualité, qu'il quitta soudain le lieu
où il était, la contempla un moment, et
s'écria ensuite :

« Oui, vous m'avez donné des preuves
incontestables de votre amour. Il me
reste à vous en donner un de cet amour
que j'ai décrit, de cet amour que *vous*
seule pouviez inspirer, de cet amour
que, dans des circonstances plus heu-
reuses, j'aurais pu..... mais n'importe;
il ne s'agit pas ici d'analyser le sentiment, mais d'en donner une preuve.
Consentiriez-vous donc à unir votre
destinée à la mienne? Voudriez-vous
réellement être à moi au sein du mystère et de la douleur? Me suivriez-vous
alternativement de la terre à la mer et
de la mer à la terre, vous dévouant à
moi, sans connaître de repos, sans avoir
de foyers, avec la marque sur le front et
la malédiction sur votre nom même?

Voudriez - vous vraiment à ces condi-
tions, être *à moi*? être ma chère, mon
unique Immalie? »

— « Je le voudrais ; je le veux ! »

« Eh bien ! » répondit Melmoth ,
« recevez dans ce lieu la preuve de mon
éternelle reconnaissance. Dans ce lieu,
je renonce à votre vue ! je romps votre
engagement ! je vous fuis pour jamais ! »

En disant ces mots, il disparut.

CHAPITRE XXVII.

Isidora était si accoutumée aux exclamations bizarres et aux inintelligibles al-
lusions de son mystérieux amant, qu'elle
n'éprouva pas une inquiétude très-vive
à son singulier langage et à son brusque
départ. Il n'y avait rien là de plus mena-
çant ou de plus formidable que ce qu'elle
avait déjà vu plus d'une fois, et elle se rappela qu'après ces accès, elle le retrouvait
dans une humeur plus calme. Elle se sentit donc consolée par cette réflexion, et
peut-être aussi par la conviction inexpli-
cable, puisée dans les cœurs de tous

V.

ceux qui aiment, que l'amour ne peut jamais exister sans la souffrance.

Elle fut donc moins surprise de la disparution de Melmoth, que d'un message que sa mère lui fit parvenir dans le cours de la matinée, pour lui faire dire qu'elle l'attendait dans le salon à tapisserie, afin de lui communiquer la nouvelle qu'un exprès venait de lui apporter.

Dans les temps ordinaires, donna Clara se partageait entre les soins de sa cuisine et ceux de son oratoire, entre ses prières aux Saints et ses querelles avec ses domestiques, entre sa dévotion et sa colère. Par ces aimables alternatives, donna Clara trouvait moyen de se tenir, elle et toute sa maison, dans une occupation continuelle et intéressante, dans un état de légère irritation qui ne manquait pas de douceur.

Ce n'était pas que, durant cette matinée, Isidora n'eût remarqué un tumulte extraordinaire et qui aurait pu lui inspirer quelque soupçon, mais elle y avait prêté peu d'attention ; et son étonnement fut grand, lorsque, en entrant chez sa mère, elle la trouva assise à son secrétaire, ayant devant elle une lettre déjà achevée, et lorsqu'elle s'entendit adresser ces paroles :

« Ma fille, je vous ai envoyé chercher, afin que vous pussiez prendre part au plaisir que ces lignes doivent causer à toutes deux. C'est pourquoi je vous prie de vous asseoir et d'écouter attentivement, pendant qu'on vous en fera la lecture. »

En prononçant ce discours, donna Clara était placée sur un fauteuil dont le dos était d'une hauteur énorme et dont elle semblait elle-même faire partie, tant sa figure était roide et immobile, ses yeux ternes et sans expression.

Isidora fit une révérence et s'assit sur un des carreaux de velours dont la chambre était remplie. Pendant ce temps, une vieille duègne en lunettes, placée sur un autre carreau, à la droite de donna Clara, lut, avec de nombreuses pauses, et non sans difficulté, la lettre suivante que sa maîtresse venait de recevoir de son époux, débarqué depuis peu dans un port de mer,

et qui était en route pour rejoindre sa
famille.

« MADAME ET CHÈRE ÉPOUSE,

« Il y a à peu près un an que j'ai reçu
la lettre par laquelle vous m'annonçâtes
que votre fille était retrouvée, celle que
je croyais perdue, avec la négresse sa
nourrice, pendant un de mes voyages
aux Indes. J'aurais répondu plus tôt à
votre épître, si différentes occupations
ne m'en avaient empêché.

« Je vous prie de croire que je me
réjouis moins d'avoir recouvré une fille,
que d'avoir regagné, pour le ciel, une
âme et une sujette. Je m'attends, à mon
arrivée, grâce aux leçons du père Jozé, de
trouver en elle une parfaite chrétienne.

Je me flatte aussi qu'elle possédera toutes
les qualités et vertus propres aux jeunes
filles de l'Espagne, c'est-à-dire, surtout
la dévotion et la réserve. J'ai toujours
reconnu en vous ces qualités, et j'espère
que vous vous serez efforcée de les lui
communiquer, puisque, par cette com-
munication, elle avait tout à gagner et
vous rien à perdre.

« Finalement, comme il est juste que
les jeunes filles soient récompensées de
leurs vertus et de leur modestie par leur
union avec un digne époux, de même
le devoir d'un père tendre est d'en cher-
cher un pour sa fille. Mu par ce désir,
j'amènerai avec moi don Gregorio Montillo, à qui je compte la donner en mariage. Je n'ai pas le temps de m'éten-

dre ici sur ses qualités ; mais je compte qu'elle le recevra comme il convient à une fille obéissante, et vous comme l'ami de

« Votre affectionné mari,

« FRANCISCO DE ALIAGA. »

« Vous venez d'entendre la lettre de votre père, ma fille, » dit donna Clara en se mettant en devoir de parler, « et vous vous attendez sans doute à recevoir de moi une instruction sur les devoirs de l'état dans lequel vous allez entrer. Ces devoirs sont, selon moi, au nombre de trois, savoir : l'obéissance, le silence et l'économie. Quant au premier..... »

« Sainte Vierge, » s'écria tout à coup
la duègne, « comme donna Isidora
pâlit ! »

« Quant au premier....., » continua
donna Clara, sans écouter ce qu'on lui
disait; mais elle fut interrompue par un
léger bruit, qui n'eût pourtant pas dé-
tourné son attention, si la duègne ne se
fût écriée de nouveau : « Mais, madame, voyez! donna Isidora se trouve
mal. »

Donna Clara, qui sortait rarement de
son sang-froid, se contenta de baisser
ses lunettes, et, jetant un regard sur sa
fille, qui avait glissé de son carreau par
terre, où elle était couchée sans mouvement, elle dit, après une courte
pause :

« Elle se trouve mal en effet. Soulevez-
la. Appelez du secours et donnez-lui de
l'eau froide, ou ce qui vaudra mieux,
conduisez-la au grand air. » Quand on
eut emmené sa fille, donna Clara s'écria :
« Voilà la suite de toutes ces folies d'a-
mour et de mariage ! Grâce au ciel, je
n'ai jamais aimé de ma vie; et quant au
mariage, il s'agit seulement de suivre la
volonté de Dieu et de nos parens. »

Isidora, ayant repris ses sens, en-
voya faire ses excuses à sa mère de son
indisposition soudaine, et pria ses femmes de la laisser seule. Seule ! c'est là
un mot auquel ceux qui aiment n'atta-
chent qu'une idée, celle de se trouver
dans la société de l'objet qui est pour
eux le monde entier. Isidora désirait,

dans cette terrible circonstance, de=
mander des conseils à celui dont l'image
était toujours présente à son cœur, et
dont elle entendait sans cesse la voix,
même quand il n'était pas avec elle.

La crise où elle se trouvait était vraiment faite pour mettre à l'épreuve le
cœur d'une femme, et celui de donna
Isidora, plein de sensibilité, mais privé
de jugement et d'expérience, accoutumé, d'une part, à une liberté parfaite,
et, de l'autre, à une timidité et à une
confiance qui devenait presque du désespoir, la rendit victime d'émotions diverses qui parurent même un moment
menacer sa raison.

Sa première existence, si indépen-
dante et toute d'instinct, se ranimait

par intervalles et lui suggérait des réso-
lutions imprudentes et désespérées ,
telles qu'on en a vu prendre et même
exécuter aux femmes les plus timides en
des dangers extraordinaires. Puis tout
à coup, la contrainte de ses nouvelles
habitudes , la sévérité de son existence
factice, et surtout la rigide puissance de
sa religion nouvelle , mais qu'elle n'en
chérissait pas moins ardemment, la firent renoncer à toute pensée de résis-
tanse ou d'opposition , qu'elle eût re-
gardée comme offensante pour le ciel.

Ce jour fut terrible pour elle. Ce n'é-
tait pas que le temps de la réflexion lui
manquât ; mais elle se sentait intérieurement convaincue que toute réflexion
serait inutile ; que les circonstances ,

dans lesquelles elle se trouvait placée, devaient décider de sa conduite et non ses propres pensées; enfin, que dans sa position, les forces morales ne suffisaient point pour s'opposer aux forces physiques.

Des esprits, plus portés à observer les variétés du cœur humain qu'à compâtir à sa peine, auraient pu trouver de l'intérêt à examiner la douleur inquiète d'Isidora, contrastée avec la froide et tranquille satisfaction de sa mère, qui passa toute cette journée à composer avec le père Jozé, une superbe lettre en réponse à celle de son mari.

L'indisposition d'Isidora lui servit d'excuse pour ne point reparaître chez sa mère. La nuit arriva enfin; cette nuit

qui, en lui cachant les objets et les
mœurs artificielles qui l'entouraient, lui
rendait en quelque sorte le sentiment
de son ancienne existence et celui d'une
indépendance qu'elle n'éprouvait jamais
pendant le jour. L'absence de Melmoth
augmentait son inquiétude. Elle commençait à craindre qu'il n'eût réellement
eu l'intention de la quitter pour toujours, et à cette pensée, elle sentit dé-
faillir son cœur.

Les lecteurs, accoutumés aux aventures d'un roman, trouvent peut-être in-
croyable qu'une femme, aussi tendre,
et, en même temps, aussi courageuse
que l'était Isidora, pût éprouver de l'inquiétude ou de l'effroi dans une position
si naturelle à une héroïne ; mais, ni les

lecteurs, ni les écrivains ne paraissent
avoir songé à cette foule de petites cau-
ses extérieures qui agissent sur la volonté
humaine avec une force bien plus puissante que ce mobile intérieur qui joue
un si grand rôle dans les romans et un
rôle si rare et si frivole dans la vie ordinaire.

Isidora serait morte pour l'homme
qu'elle aimait. Sur l'échafaud ou sur le
bûcher, elle aurait hautement avoué sa
passion et se serait glorifiée de périr sa
victime. L'esprit prend facilement le
courage qu'il faut pour un grand effort;
il s'épuise par la nécessité toujours re-
naissante des conflits domestiques. La
demeure d'Isidora était pour elle une
prison; elle ne pouvait sortir librement

pour un même instant des portes de la maison. Tout espoir de fuite lui était par conséquent enlevé ; mais quand même toutes les issues auraient été libres, elle n'aurait pas voulu en profiter ; elle se serait sentie comme un oiseau sortant de sa cage et qui ne trouve pas une branche sur laquelle il ose se reposer. Tel était l'avenir qui se présentait à elle, si elle parvenait à s'échapper : il était encore plus cruel à la maison.

Le ton d'autorité sévère et froid, dont la lettre de son père était écrite, ne lui laissait guère d'espoir de trouver en lui un ami. A cela se joignait la faible et impérieuse médiocrité de sa mère, le caractère personnel et arrogant de don Fer-

nand, la puissante influence et les sermons
perpétuels du père Jozé, dont la bonté
cédait à son amour du pouvoir. Elle
était continuellement obligée d'écouter
les mêmes répétitions d'exhortations,
de reproches et de menaces, ou de cher-
cher un asile dans sa chambre, où elle
passait des heures entières dans la solitude et dans les larmes. Les combats sans
fin d'une personne, courageuse à la vérité, mais sans aucun pouvoir, contre
tant d'individus, tous résolus de parvenir à leurs fins : ce conflit perpétuel contre des maux légers en particulier, mais
insupportables en somme, abattit les forces d'Isidora, et elle versait des larmes
amères en songeant aux concessions que
l'on exigerait d'elle, quand elle aurait

enfin perdu tout pouvoir de résistance.

« Oh! » s'écria-t-elle, en joignant les mains, et réduite aux dernières extrémités de la détresse. « Oh! que n'est-il ici pour me diriger, me conseiller! quand je ne devrais plus le voir comme amant, mais seulement comme ami. »

On dit qu'il existe un certain génie toujours prêt à exaucer les vœux que l'on fait pour son malheur. A peine Isidora eût-elle prononcé ces mots qu'elle aperçut l'ombre de Melmoth dans le jardin, et l'instant d'après il se trouva sous sa fenêtre. En le voyant approcher, elle jeta un cri mêlé de joie et de frayeur, mais il lui imposa silence par un signe de la main, après quoi il lui dit à voix basse: « Je sais tout. »

V.

12

Isidora garda le silence; elle n'avait
eu rien à lui dire, si ce n'est à lui faire
part de ses derniers malheurs, et il en
paraissait déjà instruit. Elle attendait
donc, dans une muette inquiétude, qu'il
lui offrît quelques paroles de conseil ou
de consolation.

« Je sais tout, » continua Melmoth,
« votre père a débarqué en Espagne;
il amène avec lui votre futur époux. Il
vous sera inutile de résister à la résolution arrêtée de toute votre famille, qui
est aussi opiniâtre qu'elle est faible, et
d'aujourd'hui en quinze vous serez la
femme de Montillo. »

« Je descendrai auparavant au tombeau, » dit Isidora avec un ton calme et
effrayant.

A ces mots, Melmoth s'approcha
pour la considérer de plus près. Tout
ce qui indiquait une résolution forte et
terrible, était en harmonie avec les
cordes sonores mais désordonnées de son
âme. Il la pria de répéter ce qu'elle venait de dire, ce qu'elle fit d'une bouche
tremblante mais d'une voix assurée. Il
approcha de plus près encore pour la
contempler pendant qu'elle parlait. Son
aspect était beau et terrible en même
temps. Pâle et immobile, on eût dit
qu'elle venait de parler sans savoir
quelles étaient les paroles que sa bouche
avait prononcées. Elle avait l'air d'une
statue; Melmoth lui-même se sentit con-
fondu. Il se retira de quelques pas, puis
revenant, il lui dit :« Est-ce bien là votre

résolution, Isidora, et avez-vous vraiment le courage de..... »

« De mourir, » répondit Isidora avec le même accent, avec la physionomie aussi calme et paraissant capable d'exécuter tout ce qu'elle disait. Cette union de l'énergie et de la faiblesse, de la beauté et de la mort, fit palpiter le cœur de Melmoth d'un sentiment jusqu'alors inconnu. Il ajouta en détournant la tête et d'un ton qui semblait se reprocher sa douceur :

« Pourriez-vous donc mourir pour celui pour qui vous ne voulez pas vivre ? »

« J'ai dit, » repartit Isidora, « que j'aimais mieux mourir que d'être l'épouse de Montillo. Je ne sais ce que

c'est que la mort ; je connais peu la vie ;
mais je périrai plutôt que de commettre
un parjure en devenant l'épouse d'un
homme que je ne puis aimer. »

« Et pourquoi ne pouvez-vous pas
l'aimer ? » dit Melmoth en jouant avec
le cœur de son amante, comme un enfant joue avec un oiseau qu'il tient attaché
par un fil.

— « Parce que je n'en puis aimer
qu'un seul. Vous fûtes le premier être
humain qui m'apprîtes à sentir ; votre
image est toujours devant mes yeux,
présent ou absent, dans le sommeil
comme dans la veille. J'ai vu des formes
plus séduisantes, j'ai entendu des voix
plus mélodieuses, j'aurais pu trouver
peut-être des cœurs plus doux ; mais la

première image, l'image ineffaçable est
gravée dans mon cœur et elle y restera
tant que je vivrai. Je ne vous ai point aimé pour votre beauté, ni pour votre
humeur gaie, ni pour votre langage
tendre, ni pour rien de ce qui plaît,
dit-on, aux femmes, je vous ai aimé
parce que vous fûtes le premier, le seul
lien qui unit mon cœur avec le monde,
l'être qui m'apprit à connaître cet ins-
trument merveilleux que je possède en
moi, la raison; parce que votre image
s'unit dans ma pensée à tout ce qu'il y a
de beau dans la nature; parce que votre
voix, la première fois que je l'entendis,
me sembla d'accord avec le murmure
des flots, et la musique des étoiles; aujourd'hui encore, elle me rappelle le

bonheur inimaginable dont je jouissais autrefois. Je l'écoute encore comme un exilé qui entend dans un pays lointain les chants de sa patrie; j'ai aimé une fois et c'est pour toujours! » Tout-à-coup, tremblante aux paroles qu'elle venait de prononcer, elle ajouta avec un doux mélange d'orgueil et de pureté virginale : « Les sentimens que je viens de vous confier peuvent me nuire, si vous en abusez, mais ils ne s'effaceront jamais.

« Ce sont donc là vos vrais sentimens ? » dit Melmoth, après une longue pause, et en s'agitant comme un homme rempli de pensées profondes et inquiètes.

« Mes vrais sentimens ! » s'écria Isidora en rougissant ; « est-il donc possible de prononcer des paroles qui ne soient pas vraies ? Pourrais-je oublier si tôt mon ancienne existence ? »

— « Si telle est donc votre résolution ; si tels sont vraiment vos sentimens..... »

— « Oui, oui, » dit Isidora en versant des larmes.

— « Réfléchissez pour lors à l'alternative qui vous attend, » dit Melmoth lentement, et paraissant prononcer avec difficulté, comme s'il eût éprouvé de la compassion pour sa victime : « Une union avec un homme que vous ne pouvez aimer, ou un combat continuel, une persécution sans fin de la part de votre famille. Songez aux jours que... »

— « Oh ! je ne puis songer à rien ;

dites-moi ce qu'il faut que je fasse pour m'y dérober. »

« Pour vous dire la verité, » répondit Melmoth en fronçant le sourcil de manière à rendre impossible de découvrir si l'expression de sa physionomie était l'estime, ou bien un sentiment profond et sincère, « je ne sais quelle ressource peut vous rester, si ce n'est de m'épouser. »

« Vous épouser! » s'écria Isidora en posant sa main sur son front; « vous épouser! comment cela est-il possible? »

« Tout est possible quand on aime, » reprit Melmoth avec un rire sardonique que l'ombre de la nuit ne permettait pas de distinguer.

— « Vous m'épouserez donc selon

V.   13

les rites de l'Eglise à laquelle j'appartiens ? »

— « De celle-là, ou de toute autre. »

— « Oh! ne parlez pas si vaguement. Ne dites pas *oui* d'un ton si horrible. Voulez-vous m'épouser comme une vierge chrétienne doit l'être? M'aimez-vous comme on doit aimer une épouse chrétienne? Mon existence passée n'a été qu'un songe ; mais à présent je veille. Si j'unis ma destinée à la vôtre, si j'abandonne ma famille, mon pays, mon..... »

— « Eh bien ! qu'est-ce que vous y perdriez? Votre famille vous tourmente et vous renferme; votre pays applaudirait s'il vous voyait monter sur le bûcher

pour expier quelques opinions hérétiques, et quant au reste...»

« Mon Dieu, » dit la jeune victime joignant les mains et regardant le ciel ;
« mon Dieu, secourez-moi dans cette
extrémité ! »

« S'il faut que j'attende ici que vous
ayez achevé vos dévotions, » dit Melmoth avec dureté, « je ne tarderai pas
à m'impatienter. »

— « Vous ne m'abandonnerez pas
pour lutter seule contre la crainte et la
perplexité ! Comment pourrais-je me
sauver quand même.....? »

— « Vous pourrez effectuer votre
fuite par les mêmes moyens que je possède d'entrer en ce lieu et d'en sortir
sans que l'on me voie. Si vous avez

du courage, l'effort ne vous coûtera pas
beaucoup; si vous aimez, il ne vous
coûtera rien. Parlez; voulez-vous que
je me trouve ici, à pareille heure, demain soir, pour vous conduire où vous
jouirez de la liberté et de.....?»

Il voulait ajouter le mot de sûreté,
mais la voix lui manqua. Après une
longue pause, Isidora lui répondit, si
bas qu'on pouvait à peine l'entendre :

« *Demain soir!* »

Elle ferma ensuite sa fenêtre, et Melmoth se retira à pas lents.

CHAPITRE XXVIII.

LA journée suivante se passa toute entière, de la part de donna Clara, pour qui l'écriture était une tâche rare, pénible et insupportable, se passa, dis-je, à relire et à corriger la réponse qu'elle avait faite à l'épître de son époux. Après l'avoir bien examinée, elle y trouva tant à changer, à interligner, à modifier et à raturer, que finalement cette réponse ressembla beaucoup à la tapisserie à laquelle elle travaillait, et qui avait jadis été commencée par sa grand'mère.

Dans cette lettre, donna Clara rendait compte à son époux de tout ce qui avait rapport à leur fille, et après avoir donné des éloges à son esprit, à ses talens et à ses agrémens personnels, elle exprimait de vives craintes sur sa raison. La pauvre femme regardait comme une preuve d'aliénation mentale, l'étonnement que les usages et les mœurs européennes causaient à sa fille. Après avoir cité plusieurs traits à l'appui de son opinion, elle termina sa lettre par les phrases d'usage, la plia, la cacheta, et l'expédia par la ville que don Francisco lui avait indiquée.

Les habitudes et les mouvemens de don Francisco étaient, comme ceux de la plupart de ses compatriotes, si lents et si compassés ; sa répugnance à écrire toutes autres lettres que celles qui avaient rapport au commerce, était si bien connue, que donna Clara fut sérieusement alarmée, en recevant le soir même du jour où elle avait expédié son épître, une seconde lettre de son époux.

On jugera sans peine combien son contenu devait être singulier, quand on saura qu'après en avoir pris connaissance, donna Clara et le père Jozé passèrent la nuit presque entière en consultation, pleins d'inquiétudes et d'effroi. Ils relurent plusieurs fois cette lettre extraordinaire, et à chaque lecture, leurs pensées devenaient plus sombres, leurs conseils plus embarrassés, leurs

regards plus tristes. Ils ne cessaient
d'y jeter les yeux; puis, se levant tout
à coup en sursaut, ils se demandaient,
tantôt par des paroles, tantôt par un
langage muet, s'ils n'avaient pas entendu
d'étranges bruits dans la maison? La
lettre toute entière aurait peu d'intérêt
pour le lecteur; il suffira d'en extraire
le passage suivant :

« Dans mon voyage du lieu où j'ai
débarqué jusqu'à celui d'où je vous
écris, je me trouvai un jour par hasard
dans la société d'étrangers de qui j'entendis des choses qui m'intéressaient
directement, et cela sous le point le
plus délicat qui puisse blesser le cœur
d'un père chrétien. Ces choses, que les
étrangers disaient entre eux sans savoir

toute l'importance qu'elles pouvaient
avoir pour moi, formeront le sujet
d'une de nos premières conversations à
mon retour; elles sont d'une nature si
effrayante, que nous aurons peut-être
besoin des conseils d'un savant ecclésiastique pour bien les comprendre et
les sentir. Quoi qu'il en soit, après avoir
entendu cette étrange conversation,
dont je n'ose vous communiquer les
détails par écrit, je me retirai dans
ma chambre, rempli des plus tristes
pensées, et m'étant assis dans mon
fauteuil, je pris un livre, afin de chas-
ser, s'il était possible, ces pensées avant
de me coucher; mais je n'y réussis point.
Je ne tardai pas à sentir que je n'étais
nullement disposé à la lecture; et quoi-

qu'oppressé par le sommeil, j'avais
moins de désir encore de me mettre au
lit. J'ouvris donc le pupitre où j'avais
serré vos lettres; j'y pris celle que vous
m'écrivîtes pour m'annoncer l'arrivée
de notre fille, et dans laquelle vous me
faisiez la description de sa personne.
J'avais déjà si souvent lu et relu cette
description, que, vous pouvez m'en
croire, le peintre le plus habile ne réus-
sirait pas mieux à la peindre que je ne
le fais en imagination. Je la relus cependant pour la centième fois, et je
songeai que je ne tarderais pas à serrer
cette chère enfant dans mes bras. Dans
cette douce occupation, mes yeux se
fermèrent, et je m'endormis sur mon
siége. Dans mon sommeil je crus voir

une créature angélique, telle que je me
figure ma fille, assise à mes côtés et me
demandant ma bénédiction. Comme je
me baissais pour la lui donner, ma tête
se pencha et je me réveillai. Je me ré
veillai, dis-je, car ce que je vis ensuite
était aussi palpable que les meubles de
ma chambre ou tout autre objet. En
face de moi était assise une femme vêtue
à l'espagnole, et couverte d'un voile
qui lui descendait jusqu'aux pieds. Elle
paraissait attendre que je lui adressasse
le premier la parole. Venez donc, lui
dis-je, que cherchez-vous, et pourquoi
êtes-vous ici? L'inconnue ne souleva
point son voile et ne fit aucun mouve-
vement ni de la main ni des lèvres. Ma
tête était remplie de ce que j'avais en-

tendu, et après avoir fait le signe de la
croix et prononcé quelques prières, je
m'approchai d'elle et j'ajoutai : Jeune
dame, que désirez-vous? — Un père,
répondit-elle en levant son voile et en
montrant à mes yeux étonnés les traits
de ma fille Isidora, absolument tels que
vous les avez décrits dans vos dernières
lettres. Vous pouvez sans peine vous faire
une idée de ma consternation; j'oserais
presque dire de ma frayeur, à la vue
et aux discours de cette belle, mais
étrange et terrible apparition. Mon embarras et mon trouble augmentèrent au
lieu de diminuer, quand cette apparition se levant et montrant du doigt la
porte, s'y dirigea avec promptitude et
avec une certaine grâce mystérieuse; elle

prononça, en sortant de la chambre, à peu près les mots suivans : « Sauvez-moi! sauvez-moi! Ne perdez pas un moment, ou je suis perdue! » Tant que cette figure avait été dans l'apparte-ment, je n'avais entendu ni le frôlement de sa robe, ni le bruit de ses pas; seulement quand elle sortit, je distinguai comme un souffle de vent qui traversait la chambre. Une espèce de brouillard obscurcissait tous les objets; il se dissipa peu à peu, et je poussai un profond soupir, comme si un poids énorme fût ôté de dessus mon sein. Je restai pen-dant plus d'une heure réfléchissant à ce que je venais de voir, et ne sachant si c'était une réalité ou une illusion. Je suis un homme mortel, et par conséquent

sensible à la crainte et sujet à l'erreur;
mais je suis aussi un chrétien, et comme
tel, je méprise tous les contes de spectres
et d'apparitions dont on nous berce.
Mes réflexions n'amenant aucune con-
clusion raisonnable, je me jetai sur mon
lit, où je restai long-temps sans pouvoir
reposer, et ce ne fut que vers le matin
que je m'endormis à la fin d'un profond
sommeil. Tout à coup je fus réveillé par
un bruit semblable à celui du vent qui
agitait mes rideaux. Je me mis sur mon
séant, et les ayant ouverts, je regardai
autour de moi. Le jour commençait
à paraître, mais il n'aurait pas suffi pour
me faire distinguer les objets, sans la
lampe qui brûlait dans la chambre, et
dont la lumière, quoique faible, était

cependant fort nette. A cette lumière,
je découvris près de la porte, une figure
dans laquelle mon œil, rendu plus
perçant par mon effroi, reconnut la
même femme qui s'était déjà offerte à
moi, et qui, secouant le bras avec un
geste mélancolique, prononça ces mots
du ton le plus triste : Il est trop tard !
et disparut sur-le-champ. Accablé
d'horreur à cette seconde vision, je
retombai sur mon oreiller presque sans
connaissance, et dans l'instant, j'entendis l'horloge sonner quatre heures. »

Comme donna Clara et l'ecclésiastique achevaient, pour la dixième fois,
la lecture de cette lettre, l'horloge du
château sonna effectivement quatre
heures.

« Voilà une singulière coïncidence, » dit le père Jozé.

« N'y trouvez-vous que cela, mon père? » dit donna Clara en pâlissant.

« Je ne sais, » reprit l'ecclésiastique; « j'ai souvent entendu parler d'avertissemens que nos Anges-Gardiens nous donnaient, même par le ministère des objets inanimés. Mais à quoi sert de nous avertir, quand nous ne savons pas quel est le danger que nous devons éviter? »

« Chut! écoutez, » dit donna Clara; « n'avez-vous pas entendu du bruit? »

« Non, » répondit le père Jozé, en écoutant, mais avec émotion; « non, » ajouta-t-il, après un silence, et d'une voix plus tranquille et plus assurée, « le bruit que j'ai effectivement entendu, il y a près de deux heures, a duré peu de temps et ne s'est pas renouvelé. »

« Que la lumière de ces bougies est incertaine ! » dit donna Clara en les regardant avec frayeur. »

« Les volets sont ouverts, » observa l'ecclésiastique.

« Ils l'ont toujours été, » reprit donna Clara ; « mais, juste ciel ! voyez ce vent qui tout à coup fait vaciller les lumières. On dirait qu'elles vont s'éteindre. »

Le père regarda les bougies, et vit qu'en effet donna Clara avait dit la vérité. Il remarqua en même temps que la tapisserie près de la porte était fort agitée.

V.   14

« Il y a une porte ouverte quelque
part, » dit-il en se levant.

« Vous n'allez sans doute pas me
quitter, mon père, » dit donna Clara,
que la terreur avait clouée sur son fauteuil, et qui osait à peine le suivre des
yeux.

Le père Jozé ne répondit rien. Il
était déjà dans le vestibule où une circonstance qu'il venait d'observer avait
attiré toute son attention. La porte de
la chambre de donna Isidora était ouverte, et des bougies y brûlaient. Il y entra doucement et jeta un regard autour
de la pièce; il n'y avait personne. Il exa-
mina le lit; tout indiquait qu'il n'avait
point servi cette nuit. La fenêtre at-
tira ensuite son attention. Elle donnait

sur le jardin et était ouverte. Frappé
d'horreur à ce qu'il venait de voir, le
bon père ne put s'empêcher de pousser
un cri qui parvint jusqu'aux oreilles
de donna Clara. Tremblante elle voulut le suivre à l'appartement de sa fille;
mais elle n'en eut pas la force et tomba
sans mouvement dans le vestibule.
L'ecclésiastique la souleva et la ra-
mena dans sa chambre. Replacée dans
son fauteuil, la malheureuse mère ne
versa point de larmes; elle conservait
toute sa connoissance, mais ne pouvant parler elle indiquait de la main,
par un mouvement convulsif, la chambre de sa fille, comme si elle avait
désiré qu'on l'y transportât.

« Il est trop tard! » dit le père en se servant sans y penser des mots de la lettre de don Francisco.

CHAPITRE XXIX.

CETTE nuit avait été celle fixée pour l'u-
nion d'Isidora et de Melmoth. Elle s'était
retirée de bonne heure dans sa chambre,
et placée devant sa fenêtre, elle commença à guetter son arrivée long-temps
avant l'heure où elle pouvait s'attendre
à le voir. On pourrait croire que, dans
cette crise terrible de sa destinée, elle
se sentirait agitée de mille émotions,
et qu'une âme, aussi susceptible que la
sienne, serait déchirée par la lutte :
mais on serait dans l'erreur. Quand

une âme naturellement forte, et qui n'a été affaiblie que par des circonstances particulières, est poussée à faire un seul et grand effort pour se délivrer, elle ne se donne pas le temps de calculer la force des obstacles ou la largeur du précipice. Encombrée de chaînes, elle ne songe qu'à l'essor qui doit la délivrer ou....

Pendant qu'Isidora attendait l'approche de ce mystérieux fiancé, elle n'avait d'autre sentiment que celui de cette approche et de l'événement qui devait en être la suite. Elle restait à sa fenêtre pâle, mais décidée, et se fiant à l'assurance extraordinaire de Melmoth, qui lui avait dit que les mêmes moyens dont il se servait pour arriver jusqu'à elle, fa-

ciliteraient aussi sa fuite en dépit des
argus qui veillaient sur tous ses pas.

Il était près d'une heure du matin :
c'était précisément l'instant où le père
Joze crut entendre le bruit dont il a
été question ci-dessus, quand Melmoth,
ayant paru sous la fenêtre d'Isidora, lui
jeta une échelle de cordes; il lui ensei-
gna à voix basse le moyen de l'attacher;
après quoi il l'aida à descendre. Ils
s'empressèrent de traverser le jardin, et
au milieu des nouveaux sentimens que
lui inspirait sa position, Isidora ne put
s'empêcher de témoigner sa surprise de
la facilité avec laquelle ils passèrent par
la grille, d'ordinaire si bien fermée.

En sortant du jardin, ils se trouvè-
rent dans une campagne bien plus sau-

vage, aux yeux d'Isidora, que les sen-
tiers fleuris de cette île inhabitée ; où,
du moins, elle n'avait pas d'ennemis.
Maintenant, dans chaque zéphyr, il lui
semblait entendre des voix menaçantes;
le retentissement de ses propres pas lui
offrait en imagination le bruit de gens
qui les poursuivaient.

La nuit était très-obscure; bien dif-
férente de ce qu'elles sont d'ordinaire
au cœur de l'été dans ce délicieux climat.
Un vent tantôt froid, tantôt étouffant,
indiquait qu'il se passait quelque chose
d'extraordinaire dans l'atmosphère.
Cette sensation d'hiver, dans une nuit
d'été, est effrayante. Elle marque une
espèce d'analogie avec la vie humaine
dont le printemps orageux accorde peu

de jouissance à la jeunesse, tandis que son hiver glaçant n'offre plus d'espoir à l'âge avancé.

L'aspect sombre et troublé du ciel parut à Isidora d'un présage funeste. Plus d'une fois elle s'arrêta en tremblant, et jeta à Melmoth des regards de doute et d'effroi que l'obscurité ne permit pas à celui-ci de distinguer, ou, peut-être, feignait-il de ne pas s'en apercevoir. A mesure qu'ils avançaient, les forces et le courage d'Isidora diminuaient. Elle sentait qu'elle était entraînée avec une sorte de vélocité surnaturelle : la respiration lui manqua ; ses pieds tremblèrent ; elle crut être livrée à un songe pénible.

« Arrêtez ! » s'écria-t-elle accablée

de fatigue; arrêtez! Où vais-je? où me conduisez-vous? »

« A la cérémonie nuptiale, » répondit Melmoth d'une voix basse et à peine articulée. Isidora ne put cependant découvrir si elle était rendue telle par l'émotion ou par la promptitude de leur marche.

Au bout de quelques instans, elle fut obligée de déclarer qu'il lui était impossible d'aller plus loin. Elle s'appuya sur son bras, épuisée et hors d'haleine.

« Laissez-moi me reposer, au nom de Dieu! » dit-elle.

Melmoth ne répondit pas; il s'arrêta cependant, et la soutint, sinon avec

tendresse, du moins avec un air d'inquiétude.

Pendant cet intervalle, elle regarda
autour d'elle, et s'efforça de distinguer
les objets les plus proches; mais l'extrême
obscurité de la nuit le lui rendait presque impossible. Le peu qu'elle put découvrir n'était pas fait pour dissiper ses
alarmes. Elle parcourait un sentier
étroit sur le bord d'un précipice, au
fond duquel roulait un torrent dont elle
distinguait le bruit. De l'autre côté, il y
avait quelques arbres rabougris dont
les branches étaient violemment agi-
tées par le vent. Tout parut également
triste et inconnu à Isidora, qui, depuis
son arrivée au château, était à peine sor-
tie de l'enceinte du parc.

Elle se dit à elle-même que la nuit était bien sombre, et elle répéta ensuite les mêmes mots à demi-voix, dans l'espoir de recevoir une réponse consolante. Melmoth garda le silence. Le courage d'Isidora cédant à sa fatigue et à son émotion, elle pleura.

« Regrettez-vous *déjà* la démarche que vous avez faite? » dit Melmoth, en mettant un accent particulier sur le mot *déjà*.

« Non, mon ami, non, » répondit Isidora en essuyant ses larmes. « Il est impossible que jamais je la regrette; mais cette solitude, cette obscurité, ce silence, la rapidité de notre marche, tout cela a quelque chose d'effrayant. Il me semble que je traverse une région inconnue. Est-ce vraiment le vent que j'entends? Comme ses gémissemens sont lugubres ! Sont-ce vraiment des arbres que je vois? Ils ressemblent à des spectres. Cette nuit est-elle faite pour des noces ? »

A ces mots, Melmoth parut troublé, et voulut l'entraîner; mais elle continua:

« Je n'ai ni père, ni frère pour me soutenir.... Ma mère n'est point auprès de moi. Il n'y a point ici de parens qui m'embrassent, d'amis qui m'offrent leurs félicitations. »

« Sa frayeur augmentant toujours, elle finit par s'écrier : « Où est le prêtre qui doit bénir notre union? où est l'église qui doit nous recevoir? »

Comme elle parlait, Melmoth, lui

prenant le bras, s'efforça doucement de la faire avancer.

« Il y a, » lui dit-il, « non loin d'ici un monastère ruiné. Vous l'avez peut-être observé de votre fenêtre. »

— « Non, je ne l'ai jamais vu. Pourquoi est-il ruiné ? »

— « Je ne sais. Il a couru bien des bruits sur son compte. On a dit que le supérieur, le prieur, ou je ne sais qui, avait parcouru certains livres dont la lecture n'était pas précisément permise par les règles de son Ordre. C'étaient, je crois, des livres de magie. On en a fait beaucoup de tapage; on a même parlé dans le temps de l'Inquisition. Quoi qu'il en soit, je me rappelle que le prieur disparut. Les uns disent qu'il fut ren-

fermé dans les cachots du Saint-Office,
d'autres prétendent que l'on en disposa
plus sûrement encore, ce qui me paraît
bien difficile. Les frères furent disper-
sés en d'autres communautés, et ce
couvent fut déserté. On s'efforça de le
vendre ; mais les bruits fâcheux, qui
avaient couru à son sujet, empêchèrent
qu'on ne l'habitât, et peu à peu il tomba
en ruines. Il conserve encore tout ce
qui peut le sanctifier aux yeux des fidèles. Il y a des crucifix et des tombeaux,
et par-ci par-là quelques croix érigées
dans les endroits où des meurtres ont
été commis : car, par un hasard assez
singulier, des bandits y ont présente-
ment fixé leur demeure. »

A ces mots, Melmoth sentit que sa victime, moitié par ses efforts, moitié par ses frémissemens involontaires, avait retiré son bras de dessous le sien.

« Mais là, » ajouta-t-il, « au milieu de ces mêmes ruines, habite un saint ermite. Il nous unira dans la chapelle, selon les rites de votre Eglise. Il prononcera sur nous la bénédiction, et l'un de nous au moins sera heureux ! »

« Arrêtez, » s'écria Isidora, en s'éloignant de lui autant qu'il lui fut possible et en prenant un air aussi majestueux qu'elle put. « Arrêtez; ne m'approchez pas! ne m'adressez pas une autre parole jusqu'à ce que vous m'ayez dit où nous serons unis, où je devien-

drai votre épouse légitime! J'ai souffert
des terreurs et des doutes; des soup-
çons et de la persécution; mais.... »

« Ecoutez-moi, Isidora, » dit Melmoth étonné de cet accès soudain de
courage.

« Ecoutez-moi vous-même, » répondit la jeune fille timide, mais héroïque,
en s'élançant avec son agilité naturelle
sur un rocher qui avançait au-dessous de
leur route, et s'attachant à un frêne qui
croissait entre les fentes. « Ecoutez-moi:
Vous arracherez plutôt cet arbre de son
lit de pierres que vous ne me détache-
rez de son tronc. Je me précipiterai plutôt dans ce torrent qui mugit sous mes
pieds, que de me mettre dans vos bras
jusqu'à ce que vous juriez qu'ils me gui-

deront vers l'honneur et la sûreté. J'ai renoncé pour vous à tout ce que mes nouveaux devoirs me disent être sacré; à tout ce que depuis long-temps mon cœur me disait d'aimer! Jugez par le sacrifice que j'ai fait, de ceux que je pourrai faire, et ne doutez pas que je n'aimasse dix mille fois mieux être ma propre victime que la vôtre. »

« Par tout ce qu'il y a de sacré à vos yeux, » s'écria Melmoth en s'humiliant jusqu'à se mettre à genoux devant elle, « mes intentions sont aussi pures que votre âme; l'ermitage n'est qu'à cent pas de nous. Venez, et par des craintes fantastiques et sans cause, ne rendez pas vaines toute la tendresse et toute la magnanimité que vous avez montrées

jusqu'ici et qui vous ont élevée, selon
moi, non-seulement au-dessus de votre
sexe, mais encore au-dessus de toute
l'espèce humaine. Si vous n'aviez pas été
ce que vous êtes et ce que vous seule
pouviez être, vous ne seriez pas l'épouse
de Melmoth. Avec quelle femme cher-
cha-t-il jamais à unir sa sombre et impénétrable destinée ? »

Voyant qu'elle hésitait toujours et
qu'elle ne voulait point quitter l'arbre
qu'elle tenait embrassé, il ajouta d'un
ton plus solennel : « Isidora ! que cette
conduite est faible et indigne de vous !
Vous êtes en ma puissance ; vous l'êtes
irrévocablement et sans espoir d'en sortir. Aucun œil humain ne saurait me
voir, aucun bras humain ne saurait vous

secourir. Vous n'avez contre moi pas
plus de pouvoir qu'un enfant. Ce noir
torrent ne redirait point votre sort, et
le vent qui mugit autour de vous ne
porterait point vos gémissemens vers une
oreille compatissante. Vous êtes en ma
puissance; et je ne cherche point à en
abuser. Je vous offre ma main pour
vous conduire vers une demeure consacrée où nous serons unis conformé-
ment aux usages de votre pays.... Per-
sistez-vous encore dans cette inutile
opiniâtreté? »

Tandis qu'il parlait, Isidora regardait autour d'elle avec des yeux désar-
més; tous les objets qu'elle voyait servaient à confirmer ses discours. Elle
frémit; mais elle se soumit; toutefois

en continuant sa route silencieuse, elle
ne put s'empêcher d'exprimer de temps
à autre les nombreuses inquiétudes qui
agitaient son cœur.

« Vous parlez, dit-elle d'un ton sup-
pliant, « vous parlez de la religion en
des mots qui me font trembler ; vous
en parlez comme d'un usage, d'une chose
de forme, d'accident, d'habitude. Quelle
est donc votre croyance ? Quelle église
fréquentez-vous ? A quels rites sacrés
participez-vous ? »

—« Je respecte toutes les croyances...
également ; toutes les cérémonies reli-
gieuses... me sont à peu près égales, »
dit Melmoth avec sa légèreté habituelle,
à laquelle paraissait cependant se mêler
un sentiment d'horreur involontaire.

« Et croyez-vous donc vraiment aux choses sacrées ? » demanda Isidora. « Y croyez-vous vraiment ? » ajouta-t-elle avec inquiétude.

« *Je crois en Dieu !* » dit Melmoth, d'une voix qui glaça son sang. » Vous avez entendu parler de ceux qui croient en tremblant. Je suis de ceux-là. »

« Mais, » reprit Isidora, « le christianisme est quelque chose de plus que la croyance en Dieu. Croyez-vous à tout ce que l'Eglise catholique dit être indispensable au salut ? »

« Je crois à tout cela, je sais tout cela, » dit Melmoth à regret. » Quoique je vous paraisse un infidèle et un blasphémateur, sachez qu'il n'y a jamais eu de martyr qui ait rendu un

plus grand témoignage de sa foi que je
n'en rendrai un jour. Il n'y aura
qu'une différence entre nous : ils ont
brûlé quelques instans pour les vérités
qu'ils confessaient ; j'attesterai la vérité
de l'Evangile au milieu de flammes qui
ne s'éteindront jamais. Quelle glorieuse
destinée que la vôtre ! Vous allez être
unie à un martyr dont le sacrifice
durera éternellement. »

Melmoth continuait à parler, mais
Isidora ne l'entendait plus. Elle avait
perdu connaissance, et quoiqu'en te-
nant toujours son bras, elle se laissa
glisser sans mouvement par terre. Melmoth, à cette vue, montra plus de sensibilité qu'on ne devait s'y attendre. Il
la plaça dans une position commode,

l'arrosa d'eau froide et la tourna du côté
d'où venait le vent. Isidora ne tarda pas
à revenir à elle; et son évanouissement
avait été plutôt causé par la fatigue que
par la frayeur. La tendresse momenta-
née de son amant se dissipa avec son
rétablissement. Dès qu'elle fut en état
de parler, il la pressa de poursuivre sa
route, et comme elle s'efforçait faiblement d'obéir, il l'assura que ses forces
étaient tout-à-fait revenues, et qu'ils
n'avaient plus d'ailleurs que quelques
pas à faire. Isidora se traîna comme elle
put. Le chemin s'élevait le long d'une
montagne escarpée. Ils avaient laissé
derrière eux le bruit du torrent et le
gémissement du vent dans les arbres. Le
vent, du reste, était baissé; mais la nuit

était toujours profondément obscure. Le silence complet qui régnait ajoutait aux horreurs du lieu. Isidora aurait voulu entendre quelque autre son que celui de sa respiration et des battemens de son cœur.

Tout à coup une nouvelle inquiétude vint s'emparer d'elle, et elle devina au pas accéléré de Melmoth et aux mouvemens d'impatience avec lesquels il retournait souvent la tête, qu'il partageait son effroi. L'un et l'autre écoutaient depuis quelque temps avec attention, mais sans se communiquer leurs sentimens mutuels, un bruit qui de moment en moment devenait plus distinct. C'était celui d'un pas d'homme, et à sa rapidité ainsi qu'à une espèce de déci-

V. 16

sion dans la marche, il était évident
qu'on les poursuivait. Melmoth s'arrêta
tout à coup. Isidora tremblante restait
suspendue à son bras : aucun d'eux ne
disait un mot; mais l'œil d'Isidora suivit machinalement la main de Melmoth
qui se dirigeait vers une figure que, dans
l'ombre de la nuit, on distinguait à peine;
elle disparut ensuite à la descente de la
montagne, et se rencontra bientôt après
offrant, autant du moins que l'obscurité
permettait de s'en rendre compte, l'apparence d'un homme. Elle continua d'a-
vancer; ses pas et sa forme devinrent de
plus en plus distincts. Melmoth quitta
soudain le bras d'Isidora qui, frisson-
nant de terreur, mais hors d'état de prononcer un mot, ne put le prier de res-

ter; elle se trouva seule, plus morte que vive, et ses pieds lui semblaient cloués au terrain : elle écouta cependant, mais sans pouvoir se rendre compte de ce qui se passait. Elle entrevit dans l'obscurité une courte lutte entre deux figures humaines. Pendant ce temps, elle crut reconnaître la voix d'un ancien domestique qui lui était très-attaché. Il lui adressa d'abord des reproches respectueux, et s'écria ensuite, à plusieurs reprises et d'une voix presque étouffée : « Au secours! au secours! au secours ! » Bientôt après, elle entendit un corps pesant tomber dans l'eau qui murmurait au bas de la route. Le flot gémit, la montagne répondit au gémissement, comme deux assassins nocturnes qui échangent des mots entrecoupés : puis tout fut tranquille. Isidora couvrit ses yeux de ses mains glacées, et resta dans cette position jusqu'à ce que Melmoth même lui dît : « Hâtons-nous, mon amie. »

« Où allons-nous ? » dit Isidora sans savoir ce qu'elle disait.

— « Au monastère ruiné, ma bonne amie..... à l'ermitage, où le saint homme, l'homme de votre foi nous unira. »

« Que sont devenus les gens qui nous poursuivaient ? » dit Isidora, à qui la mémoire était tout à coup revenue.

— « Ils ne nous poursuivront plus. »

— « J'ai vu une figure humaine. »

— « Vous ne la verrez plus. »

— « J'ai entendu quelque chose de pesant tomber dans le torrent. »

— « C'était une pierre qui a roulé du précipice : les eaux ont tourbillonné un moment ; mais elles l'ont engloutie et ne la rendront pas. »

Elle continua sa course dans le silence et l'horreur, jusqu'à ce que Melmoth, montrant du doigt une masse noire et informe, que selon le jeu de l'imagination, on pouvait prendre pendant la nuit pour un rocher, une touffe d'arbres ou quelque grand bâtiment, lui dit à l'oreille : « Voilà la ruine, et près d'elle est l'ermitage. Encore un moment d'effort, un peu de force et de courage, et nous y sommes. »

Excitée par ces paroles, mais plus

encore par un désir indéfinissable de
mettre un terme à ce voyage ténébreux
et à ces craintes mystérieuses, au risque
même de les voir plus que vérifiées,
Isidora rassembla toutes ces forces et
soutenu par Melmoth, elle commença
à monter la colline sur laquelle la ruine
était placée. Il y avait eu autrefois un
sentier: mais il était obstrué de pierres,
et des racines entrelacées des arbres
qui en avaient fait jadis l'ornement.

A mesure qu'ils approchaient, l'édi-
fice prenait une forme plus distincte et
plus caractéristique : le cœur d'Isidora
palpita moins vivement quand elle fut
en état de distinguer le clocher, la
flèche, les fenêtres en ogive et surtout
les croix qui s'élevant au milieu des

ruines, semblaient offrir l'image de la religion triomphante au sein de la douleur et de la désolation. Un sentier étroit, qui paraissait faire le tour du monastère, les conduisit à la principale entrée, au-devant de laquelle s'étendait un vaste cimetière. Melmoth montra du doigt un objet situé à l'extrémité, disant que c'était l'ermitage et qu'il allait prier l'ermite, qui était prêtre, de venir les unir.

« Ne m'est-il pas permis de vous accompagner ? » dit Isidora, en jetant un regard d'inquiétude sur les tombeaux au milieu desquels elle allait passer seule le temps de son absence.

« Son vœu ne lui permet pas d'admettre des femmes en sa présence, »

répondit Melmoth, « à moins que son
devoir ne l'y oblige. »

En disant ces mots, il partit préci-
pitamment et Isidora s'asseyant sur un
tombeau s'enveloppa dans son voile,
comme si ses plis avaient pu lui cacher
ses pensées. Quelques instans après,
ayant besoin d'air, elle l'écarta de nouveau; mais ne distinguant que des tombeaux, des croix et les plantes lugubres
qui aiment à croître parmi les morts,
elle s'empressa de le baisser encore et
resta seule et tremblante. Tout à coup
un faible son semblable à celui du zéphir
frappa son oreille, elle leva la tête; mais
le vent était baissé et la nuit parfaitement calme. Le même son s'étant répété,
elle dirigea ses yeux vers le côté d'où

il semblait partir, et elle crut voir une figure humaine se mouvoir lentement autour de la haie qui servait à enclore le cimetière. Quoique cette figure ne parût pas s'approcher d'elle, elle jugea que ce devait être Melmoth et se leva, ne doutant pas qu'il ne vînt à sa rencontre. Dans ce moment la figure se tournant et ralentissant son pas, parut étendre le bras vers elle et fit un mouvement soit pour la repousser ou pour lui donner un avertissement : car elle ne put distinguer lequel des deux. La figure continua ensuite sa marche silencieuse et l'instant d'après les ruines la cachèrent à sa vue.

Elle n'eu pas le temps de réfléchir à cette singulière apparition, car déjà

V. 17

Melmoth était à ses côtés et la pressait d'avancer. Il lui dit qu'auprès des ruines il y avait une chapelle, mais qui n'était pas aussi délabrée qu'elles, que l'office s'y célébrait même et que le prêtre avait promis de venir les y trouver.

« Il y est déjà, dit Isidora, » ne doutant pas que la figure qu'elle avait vue ne fût celle de l'ecclésiastique. « Je crois l'avoir vu. »

« Vu, qui ? » dit Melmoth, en tressaillant et en restant immobile jusqu'à ce qu'il eût reçu la réponse à sa question.

« J'ai vu une figure.... » répondit Isidora en tremblant, « J'ai cru du

moins voir une figure, s'approchant
des ruines. »

« Vous êtes dans l'erreur, » dit Melmoth : mais un moment après il ajouta :
« nous aurions dû y être avant lui. »

Il hâta sa marche avec Isidora. Tout
à coup cependant il la ralentit et lui demanda, d'une voix étouffée et indistincte,
si elle avait jamais entendu de la musique ou des sons dans les airs précéder
les visites qu'il lui faisait.

« Jamais, » répondit-elle.

— « Vous en êtes sûre ? »

— « Parfaitement sûre. »

Dans ce moment ils montaient les
degrés rudes et brisés qui conduisaient
à la chapelle. Malgré l'obscurité, Isidora

crut s'apercevoir qu'elle se trouvait dans l'état le plus déplorable.

« Il n'est pas encore arrivé, » dit Melmoth d'une voix émue. « Attendez un moment ici. »

Isidora était si fort affaiblie par sa terreur qu'elle le laissa partir sans faire le moindre effort pour le retenir. Elle sentait du reste que tout effort eût été inutile. Restée seule, elle jeta en tremblant un regard autour d'elle. Un rayon de la lune perçant les nuages lui permit de distinguer les objets qui l'environnaient. Il y avait une fenêtre; mais les vitraux peints étaient presque tous cassés. Le lierre et la mousse obscurcissaient ceux qui restaient et s'élevaient autour des

colonnes flûtées. Au-dessus se voyaient
les restes d'un autel et d'une croix, mais
d'un travail si grossier qu'ils paraissaient
être du temps de l'enfance de l'art. Il y
avait aussi un bénitier en marbre, mais
il était vide. Isidora s'assit sur un banc
de pierre, sans néanmoins espérer d'y
goûter du repos. Une ou deux fois, elle
jeta les yeux sur la fenêtre qui donnait
passage aux rayons de la lune et se rappela sa première existence. Bientôt une
figure passa lentement mais distinctement entre les colonnes et lui fit voir
les traits de ce vieux domestique qu'elle
reconnut parfaitement. Il parut la regarder d'abord avec une profonde attention, puis avec une compassion sincère.
Il se retira ensuite et quand il disparut

un cri plaintif retentit dans l'oreille d'I-
sidora.

Au moment même la lune qui éclai-
rait faiblement la chapelle, se cacha
derrière un nuage, et l'obscurité devint
si profonde qu'Isidora ne reconnut
Melmoth que quand elle sentit sa main
dans la sienne et quand il lui dit : « le
voici : il est prêt à nous unir. »

Les terreurs prolongées qu'elle avait
souffertes durant cette nuit, ne lui avaient
pas laissé la force de prononcer un mot.
Elle s'appuya donc sur son bras ; non
avec un sentiment de confiance, mais
par le besoin de soutien. Le lieu, l'heure,
les objets, tout était caché dans une
obscurité profonde. Elle entendit un
léger bruit comme celui qu'aurait causé

l'approche d'une troisième personne.
Elle s'efforça de distinguer certaines
paroles ; mais elle ne put les comprendre. Elle voulut aussi parler; mais
elle ne savait ce qu'elle disait. Tout lui
semblait plongé dans les ténèbres et
dans un épais brouillard. Elle ne sentit
point la main de Melmoth qui saisit la
sienne, mais elle sentit fort bien celle
qui les unit : elle était *froide comme
celle de la mort* !

CHAPITRE XXX.

Il faut maintenant que nous retour-
nions sur nos pas et que nous reve-
nions à la nuit de laquelle don Francisco d'Aliaga rendait compte dans la
lettre qu'il écrivit à sa femme. On se
rappelle sans doute la société avec laquelle il se trouva et dont la conversation fit sur lui un effet si extraordinaire.

Il poursuivait son voyage, se repais-
sant du bonheur qu'il se promettait dans
la jouissance des richesses qu'il avait
acquises par de longs travaux et de l'im-

portancequ'elles lui donneraient danssa
famille et parmi ses connaissances. Un
soir il se vit forcé de s'arrêter dans une
misérable auberge, dont il fut si mé-
content et où la chaleur, concentrée
dans des chambres petites et basses, lui
parutsi accablante, qu'il préféra prendre
son souper sur un banc de pierre devant la porte. Ce souper, très-mauvais
par lui-même, était arrosé d'un vin plus
mauvais encore, et don Francisco le
consommait à regret, quand il aperçut
une personne à cheval, qui s'arrêta en
passant et parut avoir le dessein de descendre dans cette auberge. Il ne resta
cependant pas assez long-temps pour
que le seigneur Aliaga pût observer par-

ticulièrement sa figure , et d'autant moins que son apparence n'offrait rien de remarquable. Il fit en passant un signe à l'hôte, qui s'approcha de lui d'un pas lent et à contre-cœur; celui-ci répondit à ses questions avec brusquerie et par des refus, et quand l'étranger se fut remis en route, il rentra chez lui faisant de fréquens signes de croix et avec toutes les marques d'une profonde terreur.

Il y avait dans sa conduite quelque chose de plus que l'arrogance naturelle d'un aubergiste espagnol. La curiosité de don Francisco fut excitée par ce qu'il avait vu, et il lui demanda si l'étranger avait eu l'intention de passer la nuit à son auberge, vu que le temps paraissait menacé d'un orage.

« Je ne sais quelle a été son intention, » répondit l'aubergiste, « mais je sais fort bien que je ne lui permettrais pas de passer une heure sous mon toit pour toutes les richesses de l'archevêché de Tolède. J'ignore si un orage se prépare, mais qu'importe? ceux qui les font naître peuvent s'y exposer sans crainte. »

Don Francisco demanda la cause de ces expressions extraordinaires d'aversion et de terreur; mais l'aubergiste secoua la tête et garda le silence avec cette espèce de crainte circonspecte d'un homme renfermé dans le cercle tracé par un sorcier et qui tremble d'en franchir la circonférence de peur de devenir la proie des esprits qui l'attendent pour profiter de sa première imprudence.

Répondant à la fin aux instances réitérées de don Francisco, il dit : « Votre seigneurie est sans doute étrangère à cette partie de l'Espagne, puisqu'elle n'a pas entendu parler de Melmoth, l'homme errant. »

« Je n'ai jamais entendu prononcer son nom, » répondit don Francisco ; « et je vous conjure de me dire tout ce que vous savez au sujet de cet homme dont le caractère doit avoir quelque chose de bien extraordinaire, d'après la manière dont vous en parlez.

« Seigneur, » reprit l'aubergiste, « si je vous disais tout ce que l'on rapporte sur le compte de cette personne, je ne pourrais pas fermer l'œil de la nuit, ou du moins ce ne serait que pour faire des rêves si affreux que j'aimerais mieux ne dormir de ma vie; mais si je ne me trompe, il y a quelqu'un dans la maison qui pourra satisfaire votre curiosité: c'est un gentilhomme qui voudrait faire imprimer une relation de divers faits concernant cet individu, mais qui, jusqu'à présent, n'a pas pu en obtenir la permission du gouvernement. »

Pendant que l'aubergiste parlait, et qu'il mettait dans son discours cette importance, preuve certaine qu'il était du moins convaincu de la vérité de ce qu'il disait lui-même, la personne qui en faisait le sujet survint et se plaça à côté du seigneur Aliaga. Il paraissait avoir en-

tendu la fin de leur conversation et se
montrait assez disposé à la continuer.

C'était un homme d'un aspect grave,
composé et si éloigné de toute apparence de charlatanisme, que don Francisco, quoique prudent et soupçonneux,
comme tout négociant espagnol, ne put
s'empêcher dès la première vue de lui
accorder une pleine confiance; il s'abs-
tint cependant de le faire paraître.

« Seigneur, » dit l'étranger, « notre
hôte vous a dit vrai; la personne que
vous avez vue passer à cheval est un de
ces êtres, au sujet desquels la curiosité
humaine cherche vainement à se satisfaire et de qui l'histoire sera rapportée
dans ces ouvrages incroyables qui moi-
sissent dans les bibliothèques des cu-

rieux, sans que ceux mêmes qui ont dé-
pensé des sommes énormes pour les recueillir veuillent ajouter foi à leur contenu. En attendant, je crois qu'il offre
seul l'exemple d'un homme encore vivant, et remplissant en apparence toutes
les fonctions humaines, qui soit déjà
devenu l'objet de mémoires écrits et qui
soit pour ainsi dire soumis à la tradition.
Diverses circonstances de la vie de cet
être extraordinaire sont maintenant le
sujet des travaux d'écrivains curieux et
avides. Moi-même j'ai acquis la connaissance d'une ou deux particularités qui
ne sont pas au nombre des moins extraordinaires. La longueur merveilleuse
de la vie qui lui a été accordée et la facilité avec laquelle on l'a vu passer d'un

pays à l'autre, connaissant tout le monde
et n'étant connu de personne, ont été la
principale cause des aventures nombreuses et à peu près semblables dans lesquelles il a joué un rôle. »

Comme l'étranger finissait de parler,
la soirée avançait et quelques grosses
gouttes de pluie commençaient à tomber.

« Nous sommes menacés d'un orage, »
continua-t-il en regardant le ciel avec
inquiétude, « nous ferions mieux de
rentrer dans la maison, et si votre seigneurie n'a pas d'autre occupation, je
passerai volontiers quelques heures à
lui faire part de certaines circonstances
relatives à l'Homme errant, et dont
j'ai acquis la certitude. »

Don Francisco consentit à cette pro-
position, autant par curiosité que par
l'ennui qu'il éprouvait d'être seul, ennui
qui n'est jamais plus insupportable que
dans une auberge et par un temps orageux. D'ailleurs le seigneur Montillo l'a-
vait quitté pour aller voir son père qui
était souffrant et ne devait le rejoindre
que dans les environs de Madrid. Il
se rendit donc à son appartement et
invita sa nouvelle connaissance à l'y
suivre.

Les voilà donc placés dans la misérable salle d'une auberge espagnole,
dont l'apparence, quoique triste et soli-
taire, convenait assez à l'histoire étrange
et merveilleuse que l'un des deux interlocuteurs allait raconter à l'autre. Les

V.   18

murs étaient dépouillés, des poutres
régnaient le long du plafond, et pour
tout ameublement il y avait une table,
auprès de laquelle don Fransico occupait un énorme fauteuil, et son compagnon un tabouret si bas, qu'il paraissait
être assis à ses pieds. Sur la table était
posée une lampe dont la lumière vacil-
lant au vent qui gémissait à travers les
nombreuses fentes de la porte, tombait
alternativement sur la physionomie du
lecteur qui ne pouvait s'empêcher de
frissonner en lisant, et sur celle de son
auditeur qui pâlissait en fixant son attention sur la relation qu'il écoutait. La
tempête, qui s'élevait, ajoutait une nouvelle horreur à ses sensations. A chaque
pause que faisait le lecteur par l'émo-

tion ou par la fatigue, on entendait la pluie qui tombait par torrens, les soupirs du vent, et, de temps à autre, le roulement triste et lointain du tonnerre. « On dirait, » observa l'étranger, « que les esprits s'irritent de ce qu'on dévoile leurs secrets. »

CHAPITRE XXXI.

HISTOIRE DE GUZMAN ET DE SA FAMILLE.

AVANT de commencer, l'étranger observa qu'il avait été lui-même témoin d'une partie de ce qu'il allait lire, et que le reste était établi sur une base aussi ferme que le témoignage des hommes la pouvait rendre.

« Dans la ville de Séville, que j'ai habitée pendant une longue suite d'années, je connaissais un marchand opulent que l'on appelait Guzman, et qui avait reçu le surnom de *Riche*. Il était

d'une naissance obscure, et ceux qui,
grâce à ses richesses, favorisaient sa
bourse de fréquens emprunts, n'hono-
raient jamais son nom au point de le
faire précéder du *don*, ou d'y ajouter
son nom de famille que la plupart igno-
raient, et dont on assure qu'il n'était
pas fort bien instruit lui-même. On le
respectait pourtant, et quand on voyait
Guzman, chaque fois que la cloche
sonnait les vêpres, sortir de l'étroite
porte de sa demeure, la fermer soi-
gneusement, la regarder deux ou trois
fois d'un œil inquiet, puis déposer la
clef dans son sein, et se rendre lentement à l'église, ne cessant de mettre la
main dans sa veste pour être bien sûr
que la clef y était toujours, alors les

têtes les plus fières de Séville se découvraient à son passage, et les enfans, qui
jouaient dans les rues, interrompaient
leurs jeux jusqu'à ce qu'il leur eût
adressé quelques paroles en passant.

« Guzman n'avait ni femme ni enfant; il ne possédait ni parens ni amis :
une vieille domestique composait tout
son ménage et ses dépenses étaient cal-
culées sur le pied de l'économie la plus
stricte. Bien des personnes se demandaient, d'après cela, ce que deviendraient
après sa mort ses immenses richesses.
Ceci donna lieu de penser que Guzman
pouvait avoir des parens dans l'éloigne-
ment ou la détresse, et la curiosité, sti-
mulée par l'avarice, est infatigable. On
découvrit ainsi que Guzman avait eu

autrefois une sœur, beaucoup plus jeune
que lui, qui, dans un âge fort tendre,
avaitépousé un musicien allemand, de
la religion protestante, et qui, bientôt
après son mariage, avait quitté l'Espagne avec son époux. On se rappela, ou
du moins l'on prétendit qu'elle avait fait
beaucoup d'efforts pour toucher le cœur
et désarmer la main de son frère, afin
qu'il pardonnât leur union et la mît en
état de retourner dans sa patrie avec
sa famille. Guzman fut inflexible. Riche
et fier de ses richesses, il aurait pu
néanmoins la voir sans regret mariée à un
homme pauvre, qu'il aurait eu la gloire
d'avoir enrichi; mais l'idée qu'elle s'é-
tait unie à un protestant lui était insupportable.

« Inès se rendit donc avec son mari
en Allemagne, où il était sûr que ses
talens pour la musique seraient appré-
ciés. Il éprouvait d'ailleurs ce sentiment
naturel aux personnes qui émigrent, et
qui sont portées à imaginer qu'un changement de lieu amènera un changement
dans leur fortune ; tandis qu'ils sentent
que le malheur sera plus supportable
partout ailleurs que dans la présence de
ceux qui l'infligent.

«Telle était l'histoire que les vieillards
racontaient au sujet de la sœur de Guzman, et à laquelle les jeunes gens ajou-
taient une foi d'autant plus implicite
que leur imagination y joignait encore mille nouveaux charmes, quand
Guzman tomba malade, et fut aban-

donné des médecins qui avaient été appelés en quelque sorte malgré lui.

« Dans le cours de sa maladie, soit que la voix de la nature se fît entendre à son cœur, soit qu'il jugeât qu'une sœur le soignerait mieux dans ses derniers momens que des domestiques avides et mercenaires; soit enfin que son ressentiment s'affaiblît aux approches de la mort; il est certain qu'il se souvint d'Inès et qu'il expédia à grands frais un exprès pour la partie de l'Allemagne où elle résidait, afin de l'inviter à revenir à la ville pour se réconcilier avec lui. En attendant, il adressa au ciel les prières les plus ferventes pour que sa vie pût être prolongée jusqu'à l'arrivée de sa sœur, et qu'il pût ren-

V.

dre le dernier soupir dans ses bras et dans ceux de ses enfans.

« Indépendamment de cela, il fit appeler un notaire avec lequel il resta renfermé malgré sa faiblesse, pendant plusieurs heures. Le bruit courut aussitôt qu'il avait annullé son ancien testament, et qu'il en avait fait un nouveau ; mais quoique l'on se donnât beaucoup de peine pour écouter à la porte de la chambre, l'on ne put distinguer une seule de ses paroles. Ses amis avaient fait tous leurs efforts pour l'empêcher de se livrer à une fatigue aussi grande ; ce qui selon eux, ne pouvait manquer de hâter ses derniers momens ; mais à leur grand étonnement, et sans doute à leur sincère joie, dès

que Guzman eut fait son testament, sa
santé et ses forces revinrent; il commença à marcher dans sa chambre et
à calculer dans combien de temps il
pourrait avoir des nouvelles de sa famille.

« Quelques mois s'écoulèrent, et
les prêtres profitèrent de cet intervalle pour tâcher de changer les vues de
Guzman. Voyant qu'il leur était impossible d'y réussir, ils changèrent de bat-
terie; ils exigèrent du moins qu'il n'eût
de communications avec cette famille
hérétique que par leur entremise, et
qu'il ne vît sa sœur ou ses enfans qu'en
leur présence.

« Guzman eut d'autant moins de
peine à se soumettre à cette condition,

qu'il éprouvait, à dire vrai, fort peu
d'inclination à se lier de nouveau inti-
mement avec sa sœur, de qui la présence
ne pouvait manquer de lui rappeler
des sentimens oubliés et des devoirs
négligés. Il tenait d'ailleurs beaucoup
à ses habitudes, et la société de la personne la plus intéressante lui serait de-
venue insupportable, si elle avait apporté le plus léger changement ou la
plus courte suspension à ses habitudes.

« C'est ainsi que Guzman capitula
avec sa conscience. En dépit de tous
les prêtres de Séville, il résolut d'attirer auprès de lui sa sœur et sa famille;
mais de l'autre côté, il promit et jura
à ses conseillers spirituels de ne jamais

voir un seul individu de cette famille.
Il décida que sa sœur hériterait de sa
fortune; mais qu'elle ne verrait jamais
son visage. Ensuite il se mit à calculer
ce que coûterait le voyage de sa sœur
et l'établissement de son ménage, car
il voulait ne rien épargner pour qu'elle
vécût à son aise en Espagne.

« En moins d'un an M. et madame
Walberg et leurs quatre enfans arrivèrent à Séville. Le mari était un excel-
lent musicien et un homme fort indus-
trieux. Ses talens lui avaient fait obtenir la place de maître de chapelle du
duc de Saxe, et il avait élevé ses enfans
selon ses moyens, de manière à pouvoir un jour le remplacer ou donner
des leçons de musique dans les diverses

cours de l'Allemagne. La plus grande
économie régnait dans leur ménage et
ils espéraient qu'un jour les talens de
leurs enfans contribueraient à augmenter leur aisance.

« Le fils aîné qui s'appelait Everard,
avait hérité des talens de son père. Les
deux filles, Julie et Inès étaient aussi mu-
siciennes, et indépendamment de cela
elles brodaient dans la perfection. Le
plus jeune, Maurice, était tour à tour
le charme et le tourment de sa famille.

« Ils avaient lutté pendant plusieurs
années contre des difficultés trop peu
importantes pour pouvoir être détail-
lées ici, mais trop cruelles pour ne pas
empoisonner la vie de ceux qui étaient
destinés à les éprouver journellement,

et pour ainsi dire à toutes les heures de la journée; tout à coup l'arrivée de l'exprès apportant l'invitation que leur riche parent Guzman leur faisait de se rendre en Espagne, vint leur offrir la première aurore du bonheur et du repos. Toutes leurs peines furent oubliées, leurs soucis écartés, leurs dettes payées, et ils s'empressèrent de faire les préparatifs nécessaires pour leur voyage en Espagne.

« En arrivant à Séville, ils reçurent la visite d'un grave ecclésiastique qui leur apprit la résolution que Guzman avait prise, de ne jamais voir sa sœur, quoiqu'en même temps il fût décidé à lui fournir ainsi qu'à sa famille le moyen de vivre dans l'aisance, jusqu'à ce que sa mort la mît en possession de tous ses biens : ils furent un peu troublés à cet avis, et Inès pleura en songeant qu'il ne lui serait pas permis de voir son frère pour qui elle conservait encore une affection sincère.

« Ce nuage était le premier qui, depuis leur départ d'Allemagne, eût obscurci leur avenir. Il répandit une teinte de tristesse sur la première soirée qu'ils passèrent à Séville. Walberg, dans l'attente de l'aisance dont il allait jouir, ne s'était pas contenté d'amener avec lui tous ses enfans, il avait encore engagé son père et sa mère, qui étaient fort vieux et fort pauvres, à le suivre à petites journées. La vente de ses meubles l'avait mis en état de leur remettre l'argent nécessaire

aux dépenses d'un si long voyage. Il les
attendait d'un moment à l'autre ; et ses
enfans, qui se rappelaient à peine d'avoir
reçu une fois leur bénédiction, étaient
impatiens de les revoir. Inès avait cependant dit à son époux qu'il eût peut-être
mieux valu les laisser en Allemagne, et
leur remettre, de temps à autre, l'argent
dont ils auraient besoin, plutôt que de
les exposer, à leur âge, à de si grandes
fatigues ; mais Walberg avait toujours
répondu : J'aime mieux qu'ils meurent chez moi, que de vivre chez des
étrangers.

« Pour la première fois, cette nuit,
il sentit la prudence des conseils de sa
femme. Elle s'aperçut de ce qui se passait dans son esprit, et fut assez géné-

reuse pour ne pas lui rappeler ce qu'elle avait dit.

« Le temps était triste et froid ; ce n'était pas celui des nuits ordinaires en Espagne. Sa tristesse semblait s'être communiquée à la famille. Inès travaillait en silence ; les enfans, rassemblés à la fenêtre, parlaient, à voix basse, de l'arrivée prochaine de leurs grands parens ; et Walberg, qui marchait avec inquiétude dans la chambre, soupirait de temps en temps en les écoutant.

« Le lendemain, le ciel fut serein. Le prêtre revint les voir ; et, après avoir exprimé ses regrets de ce que la résolution de Guzman était inaltérable, il leur apprit qu'il était chargé de leur payer une pension, dont il nomma la somme,

et qui leur parut énorme. Il ajouta qu'une
autre somme assez forte était consacrée
à l'éducation des enfans. Il remit en leurs
mains des contrats à cet effet, et se retira en répétant que, comme il était hors
de doute qu'ils seraient les héritiers de
Guzman, ils pouvaient, dans l'intervalle, être heureux et tranquilles, et vivre dans l'abondance, sans se livrer à
d'inutiles soucis. L'ecclésiastique était
à peine sorti, quand les vieux parens de
Walberg arrivèrent; ils étaient affaiblis
par la joie et la fatigue, mais non épuisés,
et toute la famille s'assit autour d'une table bien servie, avec l'espoir d'un bonheur à venir, souvent plus doux que sa
jouissance.

« Je les vis, » dit l'étranger inter-

rompant sa lecture, « je les vis, dans
la soirée de ce jour de bonheur ; et le
peintre qui aurait voulu représenter la
félicité domestique, aurait été sûr d'en
trouver le plus parfait tableau dans la
demeure de Walberg. Il était assis, avec
sa femme, au haut de la table, souriant
à ses enfans qui souriaient à leur tour,
sans qu'une seule pensée inquiète vînt
troubler leur joie. Il faut avouer d'ailleurs que ces enfans formaient un groupe
vraiment charmant. Everard, le fils aîné,
était âgé de seize ans. Il était trop beau
pour un homme ; son teint était brillant
et délicat ; sa taille parfaitement prise,
et sa voix, encore grêle, ne faisait qu'in-
diquer sa force à venir. Les filles Inès
et Julie avaient tous les charmes du sexe

dans les climats septentrionaux ; de beaux cheveux blonds, de grands yeux bleus, une peau d'albâtre, des bras ronds et potelés, des joues fraîches et colorées; en un mot, on eût dit, à les voir servir leurs parens, que c'étaient deux jeunes Hébés versant une liqueur que leur seul attouchement convertissait en nectar.

« La gaîté de ces enfans avait été, de bonne heure, amortie par les embarras de fortune auxquels leurs parens avaient été en butte. Dès leur enfance, ils avaient pris l'habitude de marcher d'un pas timide, de parler à voix basse, de jeter des regards inquiets; en un mot, ils avaient toutes les manières que le sentiment de la détresse enseigne péni-

blement dès le premier âge, et que des
parens ne peuvent voir qu'avec douleur.
Aujourd'hui, tout était changé. Leurs
jeunes cœurs pouvaient enfin s'épanouir;
le sourire, étranger à leurs lèvres, s'y
montrait avec tous ses agrémens, et la
timidité de leurs anciennes habitudes ne
faisait qu'ajouter un charme de plus à
l'expression de leur nouveau bonheur.
En face de ce tableau, dont les couleurs
étaient à la fois si vives et si tendres,
étaient assis le vieux grand-père et la
vieille grand'-mère. Le contraste était
frappant. C'étaient, d'un côté, les plus
belles fleurs du printemps, et, de l'autre, la froide stérilité de l'hiver.

« Ces vieillards, malgré leur âge
avancé, avaient cependant quelque

chose d'agréable dans leur physionomie, et il est probable que Vandyck ou
Rembrandt eût préféré leurs figures à
celles de leurs jeunes et aimables petits-
enfans. Ils étaient bizarrement costu-
més à l'allemande. Le grand père portait un pourpoint et un bonnet; et la
vieille grand'mère une fraise, une pièce
d'estomac et une coiffe à longues barbes,
sous laquelle on distinguait de rares
cheveux blancs et des joues ridées. En
attendant on voyait sur son visage ce
froid sourire qui ressemble aux rayons
du soleil quand il se couche en hiver. Ils
n'entendaient pas fort distinctement les
douces importunités de leur fils et de leur
fille, qui les pressaient de manger du
repas le plus abondant qu'ils eussent

fait de leur vie ; mais ils saluaient et souriaient avec cette expression de reconnaissance qui fait en même temps plaisir et peine aux cœurs d'enfans tendres et respectueux. Ils souriaient aussi à la beauté d'Everard et des deux filles, ainsi qu'aux espiégleries de Maurice, qui n'était pas moins gai dans l'adversité que dans le bonheur ; en un mot, ils souriaient à tout ce qui se disait, quoiqu'ils n'en entendissent pas la moitié, et à tout ce qu'ils voyaient, quoiqu'ils pussent à peine en jouir, et ce sourire de la vieillesse, cette tranquille soumission aux plaisirs de la jeunesse, mêlée à la certitude d'une félicité à venir plus parfaite, donnait une expression presque céleste à des traits qui, sans cela, n'auraient offert que le triste aspect de la faiblesse et de la décadence.

« Une description détaillée de ce qui se passa pendant le repas, fera bien connaître les personnages. Walberg, très-sobre lui-même, pressa à plusieurs reprises son père de prendre plus de vin qu'il n'avait coutume d'en boire. Le vieillard le refusa avec douceur. Le fils ayant insisté, le père y consentit à la fin, plutôt pour faire plaisir à Walberg que pour sa propre satisfaction.

« Les plus jeunes d'entre les enfans caressaient leur grand'mère, avec la bruyante tendresse de leur âge. Leur mère leur en fit des reproches. Laissez-les faire, dit la bonne vieille.

V.   20

« Ils vous gênent, dit l'épouse de Walberg.

« Ils ne me gêneront pas long-temps, répondit la grand'mère avec un sourire expressif.

« Mon père, dit Walberg, ne trouvez-vous pas qu'Everard est bien grandi?

« La dernière fois que je le vis, répondit le vieillard, il fallut me baisser pour l'embrasser; maintenant ce serait son tour.

« Everard à ces mots s'élança dans les bras de son aïeul, qui s'ouvrirent pour le recevoir, et ses lèvres fraîches et roses se collèrent contre la barbe argentée du vieillard.

« Walberg ayant entendu sonner l'heure à laquelle, sous quelque aspect

que la fortune se présentât, il ne manquait jamais de faire la prière au sein
de sa famille, fit un signal que ses enfans comprirent, et que l'on communi-
qua à voix basse aux vieux parens.

« Rendons grâce à Dieu, dit la vieille,
en se mettant à genoux, à l'aide de ses
petits-enfans.

« Rendons grâce à Dieu, répéta son
époux, en s'efforçant de plier ses genoux roidis par l'âge et en ôtant son
bonnet, tandis que Walberg, après
avoir lu un ou deux chapitres dans une
Bible allemande, prononça une prière
improvisée, par laquelle il demandait
à Dieu de remplir leurs cœurs de reconnaissance pour les biens temporels
qu'il daignait leur accorder, et de les

mettre en état d'en user de manière à
ne pas perdre les choses éternelles. La
prière finie, tout le monde se leva, et
l'on s'embrassa avec cette tendresse dé-
pouillée de tout sentiment terrestre qui
porte les plus beaux fruits dans le jardin
de Dieu.

L'épouse de Walberg ne négligeait
rien de ce qui pouvait contribuer à l'a-
grément des parens de son mari, et
Walberg lui cédait ce soin avec cette reconnaissance mêlée d'orgueil qui nous
fait éprouver plus de plaisir à voir ce que
nous aimons répandre des bienfaits,
que si nous les répandions nous-mêmes.
Il aimait ses parens; mais il était sûr
que sa femme les aimait, parce qu'ils
étaient à lui. Ses enfans s'étaient offerts

pour assister ou soigner leurs grands
parens; il leur disait : Non mes enfans,
votre mère le fera mieux; votre mère
fait toujours pour le mieux. Comme il
parlait, ses enfans, selon leur coutume,
se mirent à genoux pour qu'il les bénît.
Il posa sa main, tremblante de joie,
d'abord sur la tête d'Everard, qui s'élevait fièrement au-dessus des autres,
puis sur celle de Maurice, qui, avec la
gaîté de son âge, riait en s'agenouillant.
Dieu vous bénisse, leur dit-il en détournant la tête pour pleurer; Dieu vous
bénisse tous et vous rende aussi ver-
tueux que votre mère, et aussi heureux
que votre père l'est ce soir.

CHAPITRE XXXII.

L'ÉPOUSE de Walberg, qui était d'un caractère froid et raisonnable, et à qui ses malheurs avaient donné une prévoyance inquiète et jalouse, ne se laissait pas enivrer autant que les autres par la prospérité présente de sa famille. Son esprit était rempli de pensées qu'elle ne pouvait communiquer à son mari, et que parfois elle aurait voulu ne pas s'avouer à elle-même; mais elle s'ouvrit entièrement au bon prêtre qui venait souvent les voir, et leur apporter de nouvelles marques des bontés de

Guzman. Elle lui dit que, quoiqu'elle fût reconnaissante des bienfaits de son frère, qui lui assurait l'aisance et lui promettait l'opulence, elle désirait néanmoins que l'argent que la libéralité de Guzman avait consacré à donner à ses enfans une éducation toute d'agrément, pût au contraire servir, du moins en partie, à leur procurer les moyens de gagner leur vie et de venir au secours de leurs parens. Elle donna à entendre, faiblement à la vérité, que les sentimens favorables de son frère pouvaient changer ; mais elle appuya davantage sur la réflexion que ses enfans étaient étrangers en Espagne et professaient une religion qui y était mal vue ; ce qui, en cas de malheur, leur occa-

sionnerait mille difficultés pour subsis-
ter. Elle supplia donc l'ecclésiastique
d'user de son influence sur son père,
pour obtenir ce qu'elle désirait, comme
si.... Elle s'arrêta.

Le bon et obligeant ecclésiastique
l'écouta avec attention, et après avoir
satisfait à sa conscience, en la conju-
rant de renoncer à ses opinions hérétiques, seul moyen de se réconcilier avec
Dieu et avec son frère, et en ayant
reçu un refus tranquille, mais positif,
il procéda à lui offrir le meilleur conseil temporel qu'il lui fût possible. Ce
conseil consista à élever ses enfans con-
formément aux désirs de son frère, et
d'y employer tout l'argent qu'il lui
fournissait en abondance pour ce but.

Il ajouta, en confidence, que Guzman,
quoique durant le cours de sa longue
vie , il n'eût éprouvé d'autre passion
que celle d'amasser de l'argent, avait
été tout à coup saisi du démon de
l'ambition , et ne pouvant le contenter
pour lui-même , il voulait que du moins
ses héritiers fussent à tous égards semblables, pour les connaissances et le bon
ton, aux descendans des premières fa-
milles de l'Espagne. L'épouse de Walberg céda à ses avis, avec des larmes
qu'elle s'efforça de cacher au prêtre, et
dont elle avait effacé jusqu'aux moindres
traces avant de se retrouver avec son
époux.

« En attendant, les projets de Guzman se réalisaient avec rapidité. Une

V.   21

belle maison fut louée pour Walberg; ses
fils et ses filles étaient vêtus avec magnificence, et quoique l'éducation fût à
cette époque très-défectueuse en Espagne, on les instruisit de tout ce qui
pouvait les faire aller de pair avec les
enfans des hidalgo. Guzman avait sévé-
rement défendu qu'ils reçussent la moindre instruction dans les occupations ordinaires de la vie. Le père triomphait,
la mère était affligée; mais elle cachait
son chagrin, et se consolait par la pensée que les arts d'agrément mêmes que
ses enfans apprenaient, pourraient un
jour leur être utiles : car Inès était une
femme à qui l'expérience du malheur
avait appris à regarder toujours l'avenir
d'un œil inquiet, et cet œil ne man-

quait jamais de découvrir, avec une
fatale exactitude, la moindre tache qui
obscurcissait le soleil du bonheur, dont
son existence pleine de vicissitudes avait
été si rarement éclairée.

« Les ordres de Guzman furent ponc-
tuellement suivis. Les jeunes gens se
plongèrent dans leur nouvelle existence
avec toute l'avidité de la jeunesse ;
l'heureux père se glorifiait dans la
beauté et les progrès de ses enfans. L'inquiète mère soupirait en secret, et les
vieux grands parens, dont les infirmités
avaient été augmentées par leur voyage
en Espagne, et peut-être encore plus
par les émotions, qui sont une habitude pour la jeunesse, mais que l'âge

n'éprouve que comme des convulsions, restaient dans leurs larges bergères, jouissant d'une douce oisiveté, dormant souvent, et ne s'éveillant que pour sourire à leurs enfans et à eux-mêmes.

« Pendant ce temps l'épouse de Walberg suggérait de temps à autre un avis prudent, qu' personne ne voulait écouter. Parfois elle conduisait ses enfans du côté de la maison de leur oncle. Elle se promenait en long et en large avec eux dans la rue, et levait de temps en temps son voile, comme pour essayer si son œil ne pourrait pas percer les murs qui cachaient son frère à sa vue; puis jetant un coup d'œil sur les riches vêtemens de ses enfans, elle soupirait et rentrait tristement chez elle. Cet état d'incertitude ne dura pas long-temps.

« L'ecclésiastique, qui était le confesseur de Guzman, venait souvent les voir. Il avait pour cela deux motifs; le premier était de distribuer les bienfaits de Guzman, en qualité d'aumônier; et le second, de faire sa partie d'échecs, jeu auquel il était d'une grande force, et où il trouvait un digne adversaire dans Walberg. Il prenait, du reste, intérêt à sa famille et à son sort. Ce bon prêtre, s'il visitait ainsi des hérétiques, mettait sa conscience à l'abri en jouant aux échecs avec le père, et en priant quand il était seul pour la conversion de la famille.

« Un soir pendant qu'il faisait sa partie, un messager vint l'appeler sur-le-
champ chez le seigneur Guzman. L'ecclésiastique laissa sa dame en prise, et
s'empressa d'aller parler au messager.
La famille de Walberg, émue au dernier point, se levait pour le suivre. Elle
s'arrêta à la porte et chacun se remit à
sa place avec un mélange d'inquiétude
sur le sujet du message, et de honte de
la position dans laquelle on aurait pu
les trouver. En se retirant, ils entendirent cependant ces mots : Il va rendre
le dernier soupir.... il vous envoie cher,
cher.... il ne faut pas tarder un moment. Le prêtre sortit sans laisser au
commissionnaire le temps d'achever.

« La famille rentra chez elle, et quel-

ques heures se passèrent dans un profond silence qui n'était interrompu que
par le bruit du balancier de la pendule
ou par celui des pas de Walberg qui,
de temps à autre, se levait avec promptitude de sa chaise et traversait l'appartement. A ce bruit on se retournait,
comme si l'on se fût attendu à voir entrer quelqu'un; mais les traits silencieux
de Walberg répondaient que ce n'était
rien. On ne se coucha pas de toute la
nuit. Les chandelles s'éteignirent; personne ne s'en aperçut; l'aurore parut;
nul n'observa qu'il fît jour. Dieu!....
comme il souffre long-temps! s'écria
Walberg involontairement et ces mots
quoique dits à demi-voix, firent tres-
saillir tous les assistans: car c'étaient les

premiers accens d'une voix humaine qui, depuis long-temps se fissent entendre à leurs oreilles.

« Dans ce moment on frappa un coup à la porte de la rue, et bientôt après des pas retentirent dans le corridor qui conduisait à l'appartement où la famille était réunie. La porte s'ouvrit et l'ecclésiastique parut. Il s'avança dans la chambre sans parler et sans qu'on lui adressât la parole. Ce silence ne dura cependant qu'un instant. Il s'arrêta tout-à-coup et dit : Tout est fini ! Walberg posa ses deux mains sur son front et s'écria : Dieu soit loué ! Sa femme pleura un moment en songeant que son frère était mort ; mais par amour pour ses eufans, elle chassa ses pensées tristes et demanda des détails. Le prêtre ne put rien dire sinon que Guzman était mort, que le scellé avait été mis sur tous ses effets et que son testament devait être ouvert le lendemain.

« Pendant toute la journée suivante, la famille resta dans cette attente mêlée d'inquiétude qui ne permettait de penser qu'à un seul sujet. Les domestiques préparèrent les repas aux heures ordinaires, mais personne n'y toucha. Vers midi un personnage grave en habit de notaire, fut annoncé, il venait appeler Walberg à être présent à l'ouverture du testament de Guzman.

Celui-ci se préparait à s'y rendre; mais sa distraction était si grande qu'il serait sorti sans chapeau et sans man-

teau si ses enfans ne les lui eussent offerts.
Accablé par ses sensations, il s'assit sur
une chaise pour essayer de se remettre.

« Vous ferez mieux de n'y pas aller,
mon ami, dit sa femme avec douceur.

« Oui, je crois, répondit Walberg,
que je suivrai votre avis, et il retomba
sur le siége dont il s'était levé à moitié.

« Le notaire allait se retirer, après
avoir fait une révérence cérémonieuse,
quand Walberg se reprit et dit : Je veux
aller, en ajoutant à cette phrase un juron
allemand dont le sens guttural fit tres-
saillir l'homme de loi. Je veux aller, répéta Walberg, et à l'instant même il
tomba sur le parquet, épuisé de fatigue,
de besoin et d'une foule d'émotions impossibles à décrire.

« Le notaire se retira et quelques heures se passèrent encore à former des conjectures pénibles que la mère exprimait
en joignant les mains et en étouffant des
soupirs ; le père en détournant les yeux
et gardant un profond silence et en
étendant souvent vers ses enfans des
mains qu'il retirait sur-le-champ comme
s'il eût craint de les toucher ; les enfans
enfin ne cessaient de peindre les alternatives d'espérance et de crainte qu'ils
éprouvaient. Le vieux couple restait immobile ne sachant ce qui se passait.

« Le jour avançait ; les domestiques
dont la munificence du défunt ne leur
avait pas laissé manquer, annoncèrent
que le dîner était servi : Inès qui conservait plus de présence d'esprit que le reste,

fit sentir à son mari qu'il était nécessaire de ne pas trahir leur émotion en
présence des gens de la maison. Il obéit
machinalement et passa dans la salle à
manger, oubliant pour la première fois
d'offrir le bras à son père infirme. Toute
la famille le suivit ; mais quand elle fut
assise à table, elle parut ne pas savoir
quel motif l'y avait rassemblée. Walberg consumé par cette soif que donne
l'inquiétude et que rien ne peut apai-
ser, ne cessait de demander à boire, et
sa femme qui éprouvait l'impossibilité
de manger en présence des domestiques
étonnés, les renvoya par un signal,
mais ne sentit point revenir son appétit
par leur départ. Vers la fin de ce triste
repas, on vint dire à Walberg que quel-

qu'un le demandait. Il sortit et revint
au bout de quelques minutes; sa figure
ne paraissait point changée. Il se rassit,
et sa femme seule remarqua un sourire
amer et égaré qui se peignait sur son
visage pendant qu'il versait un grand
verre de vin; après l'avoir approché de
sa bouche, il s'écria: A la santé des héritiers de Guzman! Ensuite, au lieu de
boire le vin, il lança le verre par terre et
se couvrant le visage de la nappe, il s'é-
cria: Pas un ducat! pas un ducat! Il a
tout laissé à l'église! Pas un ducat!

« Le soir l'ecclésiastique vint les voir
et les trouva plus tranquilles. La certitude du malheur leur avait donné une
espèce de courage. L'inquiétude est le
seul mal contre lequel il ne soit pas

possible de se défendre. L'honnête courroux et les discours encourageans du
prêtre furent un baume pour leurs oreilles et pour leurs cœurs. Il déclara que
les moyens les plus infâmes avaient pu
seuls, selon lui, changer les intentions
du mourant. Il ajouta qu'il était prêt à
attester, devant tous les tribunaux de
l'Espagne, que peu d'heures avant sa
mort il avait encore manifesté hautement le désir de laisser tous ses biens à
sa sœur, et qu'il avait fait un testament
à cet effet d'une date peu ancienne. Enfin le bon prêtre engagea fortement
Walberg à plaider cette affaire, lui pro-
mettant sa recommandation auprès des
meilleurs avocats de Séville, et tous
les secours dont il pourrait avoir besoin,

excepté de l'argent qu'il n'était pas en
état d'offrir,

« La famille se coucha remplie d'espérance et dormit tranquillement. Une
circonstance seule marqua un changement dans leurs sentimens et dans leurs
habitudes. Comme ils allaient se retirer, le vieillard, posant doucement sa
main sur l'épaule de Walberg, lui dit :
Mon fils, ne ferons-nous pas la prière
avant de nous coucher?

« Pas ce soir, mon père, répondit
Walberg qui craignait de faire de la
peine au bon ecclésiastique en remplissant devant lui les devoirs d'un
culte hérétique, et qui sentait d'ailleurs que son émotion était trop vive
pour lui permettre d'apporter à ce

devoir toute la gravité convenable , pas
ce soir ; je suis trop.... heureux !

« L'ecclésiastique remplit ponctuel-
lement sa promesse. Les premiers avocats de Séville se chargèrent de la cause
de Walberg ; l'ecclésiastique les instruisit de tout ce qui s'était passé à sa
connaissance entre Guzman et sa famille.
Les espérances de Walberg augmen-
taient de jour en jour. Au moment de
la mort de Guzman, sa sœur avait
chez elle une somme d'argent assez
considérable ; mais cette somme ne tarda pas à être dépensée ainsi que les épar-
gnes d'Inès, qu'elle sacrifia volontiers
au bien général, dans la confiance surtout du gain de leur procès. Quand tout
fut consommé, il resta encore quelques

ressources : les meubles furent vendus,
comme il arrive d'ordinaire, pour le
quart de leur valeur, les domestiques
furent renvoyés, et Inès, établie dans
une humble habitation des faubourgs,
reprit sans regret avec ses filles, les travaux domestiques auxquels elles s'é-
taient livrées en Allemagne. Parmi tous
ces changemens les grands parens n'en
éprouvèrent d'autre que le changement
du lieu, dont ils parurent du reste s'a-
percevoir à peine. Les attentions assi-
dues qu'Inès avait pour eux étaient
plutôt augmentées que diminuées par
la circonstauce qui la forçait de les
servir elle-même. Elle faisait, ainsi
que ses enfans, les repas les plus modestes, afin d'être en état de leur offrir

V. 22

toutes les délicatesses qui pouvaient flatter le goût de la vieillesse et le leur en particulier.

« Cependant les plaidoieries avaient commencé, et pendant deux jours les avocats de Walberg parurent assurés du succès. Le troisième jour les adversaires reprirent leur avantage. Walberg revint chez lui accablé de tristesse. Sa femme s'en aperçut, et n'affecta pas une insouciance qui aurait aigri le sentiment de son malheur ; mais elle s'occupa tranquillement et comme à son ordinaire des soins de son ménage, en faisant seulement attention à ne pas trop s'éloigner de sa présence. Quand on se sépara pour la nuit, le vieux Walberg, par une singulière coïncidence ;

rappela de nouveau à son fils qu'il ou-
bliait la prière. Pas ce soir, dit le fils avec
impatience; pas ce soir; je suis trop.....
malheureux!—Ainsi, reprit le vieillard
levant les mains au ciel, et parlant avec
une énergie qu'il n'avait pas montrée depuis plusieurs années; ainsi, ô mon Dieu!
la prospérité et le malheur nous four-
nissent également des excuses pour vous
négliger!

« Quand Walberg vit son père s'eloi-
gner de la chambre, il appuya sa tête
sur le sein de sa femme et versa quelques larmes. Inès dit en elle-même : ce
sacrifice que Dieu demande est un esprit pénétré de douleur; vous ne réje-
tez pas, ô mon Dieu! un cœur contrit
et humilié.

« La cause avait été poussée avec une vigueur et une promptitude sans exemple dans les tribunaux de l'Espagne. Le quatrième jour avait été fixé pour la dernière réplique et pour la prononciation du jugement. Le jour parut; Walberg se leva dès l'aurore, et se promena pendant quelques heures devant les portes du palais de justice. Quand elles s'ouvrirent, il y entra, et s'assit machinalement sur un banc dans la salle qui était vide, et cela avec un regard qui marquait autant d'attention et le même intérêt que si la cour avait été assemblée et la cause sur le point d'être décidée. Après un silence de quelques momens, il soupira, tressaillit et paraissant se réveiller d'un songe, il quitta sa

place, et se promena dans les passages
déserts jusqu'à ce que l'audience fût près
de commencer.

« Elle s'ouvrit de bonne heure, et les
avocats des deux côtés déployèrent tous
leurs talens. Walberg ne quitta pas un
instant sa place jusqu'à ce que tout fût
terminé. Il est inutile d'entrer dans de
grands détails; on pourra calculer sans
peine la chance que pouvait avoir en
Espagne un hérétique quand ses intérêts
se trouvaient opposés à ceux de l'Eglise.

« La famille avait passé toute
cette journée dans la chambre la
plus retirée de son humble demeure.
Everard avait voulu accompagner son
père; mais sa mère l'avait retenu. Les
sœurs laissaient tomber involontaire-

ment de temps à autre leur ouvrage, et l'auraient tout-à-fait oublié, si leur mère ne les avait fait souvenir de le reprendre. Elles le reprenaient en effet, mais elles y faisaient des erreurs si étranges, qu'Inès, riant à travers ses larmes, finit par le leur ôter, et leur donna une occupation active dans le ménage.

« Cependant la soirée avançait. Par momens, toute la famille se levait et courait à la fenêtre pour voir si leur chef ne revenait pas. La mère ne s'y opposait plus. Oisive et silencieuse elle-même, elle restait tranquille, et sa tranquillité contrastait avec la turbulente impatience de ses enfans. Voilà mon père, s'écrièrent-ils tous à la fois, en

voyant une personne traverser la rue.
Ce n'est pas mon père, reprirent-ils
en voyant cette même personne se retirer de nouveau. Elle avança encore,
puis s'éloigna une seconde fois. Ils entendirent à la fin frapper un coup à la
porte. Inès conrut ouvrir elle même. On
passe rapidement devant elle comme une
ombre. Elle suit, saisie de terreur, et revenant dans la salle, elle voit son époux à
genoux au milieu de ses enfans qui s'ef-
forçaient en vain de le relever, pendant
qu'il ne cessait de répéter : Non, laissez-moi m'abaisser ; je vous ai ruinés
tous! La cause est perdue, et je vous ai
réduits tous à la misère !

« Levez-vous, levez-vous, père chéri, s'écrièrent les enfans en l'entou-

rant; rien n'est perdu puisque vous êtes sauvé.

« Levez-vous, mon ami, dit Inès en prenant son mari par le bras ; quittez cette posture humiliante et contre na-ture. Aidez-moi, mes enfans ! mon père, ma mère ; ne voulez-vous pas m'aider ?

« Pendant qu'elle parlait, les faibles vieillards s'étaient levés et avaient joint leurs efforts impuissans aux siens. Ce spectacle fit plus d'effet que tout le reste sur Walberg. Il céda ; on le plaça sur une chaise autour de laquelle se réunirent sa femme et ses enfans, tan-dis que les vieux parens retournaient à leur place, et semblaient avoir déjà perdu le souvenir de la scène qui leur avait donné pour un moment une force miraculeuse.

« L'excès même de leur malheur était peut-être un bonheur pour eux, en ce qu'il ne leur permettait pas de se livrer pendant long-temps à leur douleur. La voix de la nécessité se fit entendre et leur cria qu'il fallait dès-lors songer au lendemain. Combien d'argent vous reste-t-il? furent les premiers mots que Walberg adressa à sa femme; et quand elle lui eut nommé à l'oreille la faible somme que les frais du procès leur avaient laissée, il jeta un cri d'horreur et se débarrassant de ses bras, il se leva et traversa la chambre comme s'il avait voulu en sortir pour se trouver seul. Dans ce moment il aperçut le plus jeune de ses

V.   23

enfans, jouant avec les habits de son
grand-père : on le lui avait souvent défendu , mais il y revenait toujours,
Walberg court à lui, le frappe avec vio-
lence, puis tout à coup, le prenant dans
ses bras , il lui dit de sourire le plus
long-temps qu'il pourrait,

« Il leur restait assez pour la dépense
d'une semaine. Cette circonstance fut
pour eux une source de consolation.
Après qu'Inès eut pris soin de ra-
mener les parens de son époux dans la
chambre, elle se réunit au reste de leur
famille, et ils passèrent toute la nuit à
former des projets pour l'avenir. Dans
le cours de leur longue et triste confé-
rence, l'espoir se ranima par degrés
dans leurs cœurs et ils se fixèrent sur un

projet qui devait leur procurer des
moyens d'existence. Walberg devait
s'offrir pour donner des leçons de musique, Inès et sa fille devaient travailler
en broderie, et Ewrard qui possédait des
talens remarquables, tant pour le dessin
que pour la musique, devait tâcher de se
rendre utile dans ces deux arts. Ils comp-
taient beaucoup sur la protection du bon
prêtre pour réussir.

« Nous ne mourrons pas de faim,
dirent les enfans pleins d'espoir.

« Je me flatte que non, répondit Walberg en soupirant.

« Sa femme qui connaissait l'Espagne
garda le silence.

———

~~~~~~

CHAPITRE XXXIII.

—————

« Ils parlaient encore quand ils entendirent frapper à la porte un coup léger; tel que la bienfaisance en frappe à la porte du malheur. Everard se levait pour ouvrir. Arrêtez, dit Walberg, d'un air distrait, où sont donc les domestiques ? Puis se rappelant tout à coup sa position , il sourit douloureusement et fit signe à son fils d'y aller.

« C'était le bon ecclésiastique. Il entra et s'assit en silence. Personne ne lui parla. Il se plaignit enfin de l'air piquant du matin et de l'effet que cet air avait fait sur ses yeux qu'il essuya. Bientôt après cédant à son émotion il ne la cacha plus et se mit à pleurer. Mais des larmes n'étaient pas tout ce qu'il avait à offrir. Ayant entendu les projets de Walberg et de sa famille, il promit d'une voix tremblante de les seconder ; puis s'étant levé pour partir, il observa que des fidèles lui ayant confié une somme d'argent pour les malheureux, il ne croyait pas pouvoir mieux l'employer, et il laissa glisser par terre, de la manche de sa robe, une bourse bien garnie.

« A l'approche du jour la famille se retira pour reposer ; mais elle se leva quelques heures après sans avoir pu dormir. Le reste de cette journée et les trois suivantes furent employées à frapper pour ainsi dire à toutes les portes afin de trouver de l'ouvrage. L'ecclésiastique les accompagnait partout. Mais plusieurs circonstances étaient défavorables à la malheureuse famille de Walberg. Ses membres étaient étrangers, et à l'exception de la mère, qui servait d'interprète, ils parlaient peu la langue du pays qu'ils n'avaient pas eu le temps d'apprendre, et sans laquelle il était difficile de s'offrir pour donner des leçons. Ils étaient d'ailleurs hérétiques, et cela seul suffisait pour leur ôter tout espoir de réussir à Séville. Dans quelques maisons on regardait comme un grave inconvénient la beauté des filles,

dans quelques autres celle du fils ne
formait pas une difficulté moins insur-
montable. Il y en eut quelques unes où
le souvenir de leur ancienne richesse
inspirait le désir bas et méchant de
triompher de leur malheur actuel. Chaque fois qu'ils rentraient chez eux, après
de vaines tentatives, ils calculaient de
nouveau leurs faibles moyens, diminuaient autant que possible leurs rations
respectives, souriaient entr'eux en parlant du lendemain et pleuraient en secret
en y pensant. Le jour arriva à la fin où la
dernière pièce de monnaie fut dépensée,
le dernier repas consommé, la dernière
ressource épuisée, la dernière espérance
perdue, et le bon ecclésiastique lui-

même leur dit en pleurant qu'il n'avait plus rien à leur offrir que ses prières.

« Pendant cette soirée, ils restèrent tous assis en silence durant quelques heures, jusqu'à ce qu'enfin la vieille mère de Walberg, qui, depuis quelques mois, n'avait guère prononcé que des monosyllables sans liaison, et qui n'avait paru faire aucune attention à ce qui se passait autour d'elle, se tourna tout à coup vers son mari, et avec cette énergie fatale qui annonce les derniers efforts de la nature, avec cet éclair momentané qui précède l'extinction de la lumière vitale, elle s'écria : Tout n'est pas bien ici. Pourquoi nous a-t-on fait venir d'Allemagne ? Ils auraient bien pu

nous laisser mourir là. Ils nous ont
amené ici pour nous railler, je pense.
Hier, ajouta-t-elle, sa mémoire confon-
dant les dates, hier, ils m'ont vêtue de
soie et m'ont fait boire du vin; aujour-
d'hui, ils ne me donnent que cette mé-
chante croûte (et elle jeta le pain qui
avait formé sa part du repas). Tout n'est
pas bien ici : je veux retourner en Allemagne; je le veux ! En disant ces mots,
elle se leva de son fauteuil au grand
étonnement de la famille, qui, frappée
d'horreur, n'osait lui adresser la parole.
Je veux retourner en Allemagne, répé-
ta-t-elle, et elle fit effectivement deux ou
trois pas dans la chambre. On se tenait
loin d'elle dans un respectueux silence.
Bientôt cependant ses forces physiques

et morales parurent lui manquer à la fois ; elle chancela, et sa voix affaiblie ne fit que murmurer les mots suivans : Je sais le chemin ; je sais le chemin..... s'il ne faisait pas si noir..... je n'ai pas loin à aller..... je suis très-près de..... *chez moi !* A ces derniers mots, elle tomba devant les pieds de Walberg. La famille, réunie autour d'elle, la souleva..... elle n'était plus.

« Son convoi, qui eut lieu le lendemain soir, forma un tableau digne des pinceaux d'un grand peintre. La défunte étant une hérétique, elle ne pouvait être ensevelie en terre sainte, et la famille, désirant éviter également de causer du scandale ou d'attirer l'attention sur leur religion, se décida à rendre

seule les derniers devoirs à l'aïeule.
Walberg creusa la fosse dans un petit
enclos situé derrière leur modeste demeure, et le corps y fut placé par Inès
et ses filles. Everard était sorti pour
chercher de l'ouvrage, et le plus jeune
des fils tenait une lumière, et souriait
en contemplant une scène dont il ne
comprenait pas encore toute l'horreur.
Cette lumière, quoique faible, réfléchis-
sait l'expression des diverses physiono-
mies sur lesquelles elle tombait. Celle de
Walberg offrait une sombre satisfaction :
car il songeait que celle, pour qui il venait
de préparer un lieu de repos, n'aurait
du moins pas à souffrir les maux à venir. Sur les traits d'Inès se peignait de
la douleur mêlée à un sentiment d'hor-

reur inspiré par cette cérémonie muette,
et que la religion ne venait point consacrer. Les filles, pâles de douleur et de
crainte, pleuraient en silence; mais leurs
larmes s'arrêtèrent, et leurs sentimens
prirent un tour bien différent quand
tout à coup la lumière éclaira un nouveau personnage debout comme elles
sur le bord de la tombe: c'était le père
de Walberg.

« Ennuyé de ce qu'on l'avait laissé
seul et n'en sachant pas la cause, il avait
tant fait en tâtonnant et en chancelant,
qu'il avait enfin rejoint, au lieu fatal, le
reste de la famille. Quand il vit son fils
jeter la terre sur le cercueil, un faible
et court souvenir s'offrit à sa mémoire,
et se laissant aller à terre, il s'écria: Moi

aussi ; posez-moi là , le même endroit servira pour nous deux. Ses enfans le soulevèrent et le ramenèrent dans la maison, où l'aspect d'Everard, apportant des provisions, leur fit oublier les horreurs de la scène qui venait de se passer, et remettre au lendemain la crainte de manquer du nécessaire. En attendant, on chercha vainement à découvrir le moyen dont Everard s'était servi pour se procurer ce qu'il avait apporté. Il se contenta de répondre que c'était un don d'une personne charitable. Il paraissait épuisé et fort pâle. On cessa de le presser, et s'étant partagé ce repas, qui semblait tombé du ciel, on se sépara pour la nuit.

« Pendant tout le temps que dura

leur infortune, Inès pressa constam-
ment ses filles de s'appliquer à l'étude
de ces arts d'agrément, d'où elle espérait tirer la subsistance de la famille.
Quelles que fussent les privations et les
désappointemens de la journée, leurs
exercices de musique n'étaient jamais
négligés. Cette attention aux ornemens
de la vie quand on manque des premières nécessités ; les sons de la musique au
sein des chagrins les plus cuisans, offrent peut-être le combat le plus cruel
que puissent se livrer notre existence artificielle et celle de la nature. Le jour
qui suivit l'enterrement de sa belle-
mère, Inès ne put supporter ces sons.
Elle entra dans la chambre où se trouvaient ses filles, qui, selon leur cou-

tume se tournèrent vers elle pour implorer des marques de son approbation.

« La mère, avec un sourire forcé,
répondit qu'elle ne croyait pas qu'il fût
nécessaire qu'elles étudiassent davantage ce matin-là. Les jeunes personnes,
qui ne comprirent que trop bien ce
qu'elle voulait dire, quittèrent leurs instrumens; et, accoutumées à voir con-
vertir tous les meubles, l'un après l'autre, en moyens de subsistance précaire,
elles se dirent que sans doute leurs gui-
tares seraient vendues aujourd'hui, et
ne purent s'empêcher d'espérer que le
lendemain elles donneraient des leçons
sur celles de leurs écolières. Elles se
trompaient. Des symptômes plus graves

d'un entier découragement se manifes-
tèrent. Walberg avait toujours témoigné
le plus grand respect pour ses parens, et
surtout pour son père, qui était le plus
âgé. Ce jour-là, quand il fut question de
partager leur repas, il montra une avidité gloutonne, qui fit trembler Inès. Il
dit, à l'oreille de sa femme : Voyez
comme mon père mange! comme il se
nourrit de bon cœur, quand nous vivons
de privations!

« Il vaut mieux que nous nous pri-
vions que lui, dit Inès à voix basse; je
n'ai presque rien mangé non plus.

« Mon père! mon père! s'écria Walberg dans l'oreille du vieillard, vous man-
gez tranquillement, pendant qu'Inès et
ses filles meurent de faim.

« En disant ces mots, il arracha le pain des mains de son père, qui le laissa d'abord faire ; puis, se levant avec une force affreuse et convulsive, il s'en ressaisit, et se mit à rire avec un air railleur, à la fois enfantin et malicieux.

« Au milieu de cette scène, Everard se présente. Que faites-vous là ? s'écria-t-il. Vous vous battez pour votre souper, tandis que je vous en apporte assez pour demain et pour après-demain. Il jeta effectivement de l'argent sur la table ; mais ses sœurs ne purent s'empêcher de remarquer qu'il était encore plus pâle qu'auparavant. On s'empara du trésor, sans lui demander des nouvelles de sa santé.

« Depuis long-temps ils n'avaient plus

V.   24

de domestiques, et Everard disparaissant
mystérieusement tous les jours, les jeunes personnes étaient souvent obligées
de faire les commissions de la maison.
La beauté de l'aînée, Julie, était si remarquable, que sa mère avait pris l'habitude de sortir elle-même, plutôt que
d'envoyer sa fille seule dans les rues. Le
lendemain soir cependant, forcée de
rester chez elle pour un travail très-
urgent, elle dit à Julie d'aller acheter
la provision du lendemain, et lui prêta,
à cet effet, son voile, lui enseignant la
manière de l'arranger à l'espagnole, afin
de cacher complétement sa figure.

« Julie s'acquitta, en tremblant, de
sa commission ; mais son voile s'étant
par hasard dérangé, un cavalier entre-

vit ses traits dont il fut enchanté. Ses
vêtemens modestes et l'emplette qu'elle
venait de faire lui inspirèrent un espoir
qu'il se permit d'exprimer. Julie s'é-
loigna rapidement avec un mélange d'effroi et d'indignation, pour l'insulte qui
venait de lui être faite. Elle ne put s'empêcher cependant de fixer ses yeux, avec
une avidité dont elle ne se rendait pas
compte, sur l'or qui brillait dans les
mains du cavalier. Elle songea à ses parens dans la misère, à la perte de ses
propres forces, à ses talens négligés et
inutiles. Le souvenir de l'or s'offrit encore à son esprit. Elle ne pouvait se rendre compte de ce qu'elle sentait ; mais,
en rentrant à la maison, elle remit promp-
tement, entre les mains de sa mère, la

petite emplette qu'elle venait de faire ; et quoiqu'elle se fût toujours montrée jusqu'alors douce et soumise, elle déclara, cette fois, d'un ton décidé et qu'on ne lui avait jamais entendu prendre, qu'elle aimait mieux mourir de faim, que de parcourir de nouveau seule les rues de Séville.

« Inès, en se mettant au lit, entendit un faible gémissement qui partait de la chambre où Everard était couché avec son frère Maurice, parce que l'on avait été obligé de vendre un des deux lits, et même une partie des couvertures du second. Le gémissement se répéta, mais Inès n'osa point réveiller Walberg, qui était enseveli dans ce sommeil profond, seule consolation du malheureux. Tout

à coup les rideaux de son lit s'ouvrirent,
et elle aperçut devant elle un enfant tout
couvert de sang, qui s'écria :

« Ce sang est celui d'Everard ! Il se
meurt ! Je suis couvert de son sang !
Ma mère ! ma mère ! levez-vous et sau-
vez la vie d'Everard !

« Cet objet, ces paroles, parurent à Inès
n'être qu'un rêve affreux, tel qu'elle en
avait éprouvé fréquemment depuis quelque temps ; mais bientôt la voix de Maurice, le plus jeune de ses enfans, et celui
que sans s'en rendre compte elle aimait le
mieux, lui fit quitter son lit et suivre le petit être ensanglanté qui marchait pieds
nus devant elle et qui la conduisit dans la
chambre d'Everard. Au milieu de sa terreur et de ses angoisses, elle eut assez de

présence d'esprit pour marcher du pas le
plus léger, de peur de réveiller son époux.

« En entrant chez son fils aîné, le
spectacle le plus affreux s'offrit à ses
regards. Il était étendu dans son lit,
dont il avait rejeté, par l'effet de ses
spasmes, le peu de couverture qui restait, et la lumière de la lune tombait
en plein sur ses membres d'une blan-
cheur éblouissante. Cet éclat, joint à
leur immobilité, leur donnait toute
l'apparence du marbre. Ses bras étaient
posés sur sa tête, et de leurs veines
ouvertes coulaient deux ruisseaux de
sang. Ses cheveux brillans et bouclés
en étaient tout remplis; ses lèvres étaient
bleues, et ses gémissemens devenaient
de plus en plus sourds et faibles.

« Ce spectacle bannit en un instant toute autre pensée de l'esprit d'Inès. Elle appela à grands cris son mari à son secours. Walberg, à demi-éveillé, s'empressa d'arriver. Inès ne put que.lui montrer, par un geste muet, l'objet sur lequel elle voulait fixer son atten-tion. Le malheureux père courut cher-cher à la hâte un médecin. Il frappa à plusieurs portes en vain, parce qu'il n'avait point d'argent à donner, et que son accent prouvait qu'il était étranger. A la fin, un chirurgien-barbier, car ces professions sont réunies à Séville, con-sentit en bâillant à le suivre, et arriva muni de charpie et de stiptiques. La distance n'était pas grande, et il fut bientôt près du lit du jeune patient. Ses

parens observaient, avec un inexpri-
mable effroi, le regard languissant
qu'Everard jeta sur le chirurgien, quand
celui-ci s'approcha de lui. Ce regard indiquait qu'ils n'étaient point étrangers
l'un à l'autre. En effet, quand l'hémor-
ragie fut arrêtée et le pansement achevé,
le chirurgien et le malade échangèrent
quelques mots à voix basse. Le dernier
portant à ses lèvres sa main faible et
livide, dit : Rappelez-vous notre traité!

Comme le chirurgien se retirait,
Walberg lui demanda l'explication de
ces paroles. Walberg était Allemand et
vif : le chirurgien était Espagnol et froid.
Je vous le dirai demain, seigneur, dit-il
en serrant ses instrumens. En attendant
soyez certain que je soignerai votre fils

gratuitement, et je vous réponds de sa guérison. Vous êtes des hérétiques à nos yeux; mais cet enfant suffirait seul pour canoniser une famille entière et pour racheter d'innombrables péchés.

« En disant ces mots, il partit. Le lendemain il revint voir Everard, et continua ainsi jusqu'à ce qu'il fût entièrement guéri, et refusant toujours la plus légère rémunération. A la fin le père, que le malheur avait rendu méfiant et soupçonneux, écouta à la porte et découvrit l'horrible secret. Il n'en parla point à sa femme, mais à compter de ce moment, sa tristesse devint plus profonde, et il cessa bientôt entièrement d'entretenir sa famille de leur détresse, et des moyens momentanés d'y remédier.

« Everard se trouvait tout-à-fait guéri. On se réunit, selon la coutume, pour tenir conseil sur les moyens de pourvoir à la subsistance du lendemain, quand pour la première fois on s'aperçut de l'absence du père de famille; et chaque mot que l'on disait, on se tournait vers lui, comme pour avoir son approbation; mais il n'y était pas. Il entra à la fin dans la chambre; mais il ne prit aucune part à leur conversation. Il s'appuyait tristement contre le mur, et tandis qu'Everard et Julie, entre chaque phrase qu'ils prononçaient, portaient leurs regards supplians vers lui, il détournait la tête d'un air sombre. Inès feignait de travailler; mais sa main tremblante pouvait à peine tenir l'aiguille. Elle fit signe à ses enfans de ne pas faire attention à la conduite de leur père. Ils baissèrent soudain la voix et rapprochèrent leurs têtes.

FIN DU CINQUIÈME VOLUME.